每天10
10 min

聽聽西語人怎麼說

游皓雲、洛飛南（Fernando López）合著

繽紛外語編輯小組　總策劃

幫你把聽力練習的門檻降到最低的一本書！

不管學什麼語言，每天聽一點內容，是最基礎、也最容易達成的練習。以培養聽、說、讀、寫四大能力來說，若是要練習口說需要有對象，要閱讀或寫作需要有完整時間坐在書桌前，都很有難度，因此從聽力開始，累積每天練習一點的習慣，是門檻最低的。

聽到這裡，大家可能覺得養成習慣也很難，但其實比較難做到的，反而不是每天拿手機出來聽一下這件事，而是找到適合、有趣、據真實性的聽力素材。

在出版了《我的第一堂西語課》和《我的第二堂西語課》之後，有許多讀者回饋，這樣的編排和主題，很適合台灣人的學習思維，有一種「終於有針對台灣學習者特別設計的教材」之感。

因此在前面這兩本書的基礎之下，我們設計了這本程度大約從A1跨到A2的聽力自學教材。每天10分鐘，只要專心聽一篇就好，搭配簡短的說明和檢測題目，把「每天聽一點點」這件事情的麻煩程度降到最低。

本書50%以上的內容，都是我們在西班牙或拉丁美洲旅遊、出差的時候，當下直接錄音採樣、再轉寫出來的真實語料，特別是交通廣播、店家廣播幾個主題，極具真實性，反覆聽熟，對於你未來的旅遊、出差會有直接的幫助。

本書每篇短文的音檔都會放兩次，第一次由我唸慢速，讓大家聽清楚每個字，第二次由母語作者洛飛南老師念正常語速，讓大家習慣真實情況的發音和速度，並且模仿發音、練習跟讀。同一音軌就可以聽兩次，也減少大家一直來回反覆按手機的時間，能夠更專注高效地學習。

最後提醒，練習的過程，千萬不要強求「每個字都要聽懂」，要練好聽力的首要條件，就是「聽不懂也要繼續聽」，聽習慣正常語速、模仿口氣音調，每一次聽懂的內容比前一次多一點點，那麼你就走在正確的路上了！

祝福每一位喜歡語言的朋友，都能找到學習語言的樂趣。

游皓雲

游皓雲 Yolanda Yu

Aprovechar el tiempo al máximo para aprender español.
以最高效省時的方式學習西班牙語。

El ritmo de vida es cada vez más rápido, nos vemos expuestos a tantas situaciones que poder reaccionar a ellas a la misma velocidad es esencial. Cada día estamos más ocupados, con más proyectos y la necesidad de aprovechar el tiempo libre es vital.

現代生活的節奏一天比一天快，在不同的生活場景下快速切換，成了一個必備能力。我們每天都越來越忙，手上專案越來越多，也因此懂得善用時間變得更加重要。

Si cada vez tienes un tiempo limitado para poder dedicarte a estudiar un nuevo idioma, si eres una persona que prefiere algo que pueda estudiar en poco tiempo, pero que sea algo práctico y fácil de usar, este libro es para ti.

如果你能夠運用在學習新語言上的時間非常有限、需要「短時間也能夠稍微自學」、「內容簡單實際、好應用」的學習素材，這本書就很適合你。

Al igual que tú, nosotros somos personas ocupadas, comprendemos tu necesidad a la perfección. Conocemos el valor del tiempo y que este debe ser aprovechado al máximo y de forma eficiente. Nos hemos dedicado a reunir una serie de situaciones reales que puedes enfrentar al viajar a un país hispano hablante, con expresiones reales de acuerdo con cada situación.

跟你一樣，我們也是生活相當忙碌的人，我們理解你想要不斷精進的需求。我們知道你的時間非常珍貴，一定要做到最有效的應用。因此我們在本書中集結了許多在西語系國家旅行出差時，會遇到的真實場景對話，並且以最接近實際口語的表達方式來呈現。

Para este libro nos hemos basado en nuestras propias experiencias. Por lo que tiene un toque personal, y te podrás identificar con cada una de estás lecturas y audios.

書中許多內容都是我們自己在西語系國家生活時的真實經驗，相信你看到內文、聽到音檔的時候，也很能夠身歷其境。

Este libro es especial para estudiantes de nivel A1, A2. Incluso, los textos son de tal tamaño que puedes utilizarlos para practicar shadowing, es decir, que podrás practicar tu pronunciación además de tu audición.

這本書是針對西班牙語A1、A2的學習者而設計的，文章長度都不長，很適合拿來做跟讀練習，除了聽力之外，也可以同時練發音。

Porque el tiempo es el mejor activo que tenemos, te dedicamos este libro.

這本書，獻給同樣將時間視為珍貴資源的你。

Fernando López（洛飛南）

如何使用本書

跟著《每天10分鐘，聽聽西語人怎麼説》，每天只要10分鐘，讓雙耳接觸最道地的西語環境，不知不覺中就能提升聽力，應對進退更得宜！

掃描音檔 QR Code
在開始使用這本教材之前，別忘了先找到書封上的QR Code，拿出手機掃描，就能立即下載書中所有音檔喔！（請自行使用智慧型手機，下載喜歡的QR Code掃描器，更能有效偵測書中QR Code！）

本書讓您聽力大躍進的6步驟

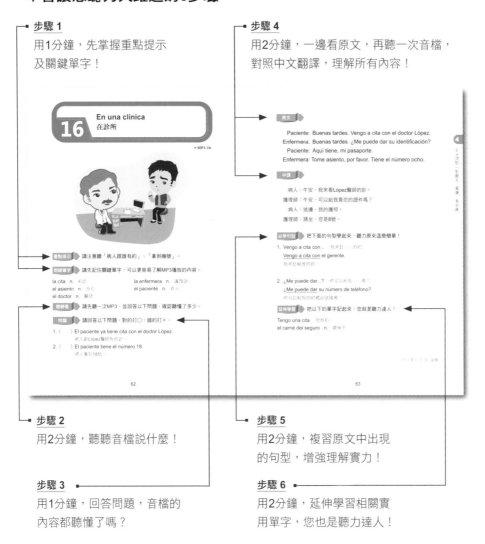

步驟 1

用1分鐘，先掌握重點提示
及關鍵單字！

En una clínica
16 在診所

▶ MP3-16

重點提示 請注意聽「病人跟誰有約」、「拿到幾號」。

關鍵單字 請先記住關鍵字，可以更容易了解MP3播放的內容。

la cita　n.　約診
el asiento　n.　座位
el doctor　n.　醫師

la enfermera　n.　護理師
el paciente　n.　病人

聽聽看 請先聽一次MP3，並回答以下問題，確認聽懂了多少。

問題 請回答以下問題，對的打○、錯的打×。

1. (　) El paciente ya tiene cita con el doctor López.
　病人跟López醫師有約診。
2. (　) El paciente tiene el número 18.
　病人拿到18號。

62

步驟 4

用2分鐘，一邊看原文，再聽一次音檔，
對照中文翻譯，理解所有內容！

原文

Paciente: Buenas tardes. Vengo a cita con el doctor López.
Enfermera: Buenas tardes. ¿Me puede dar su identificación?
Paciente: Aquí tiene, mi pasaporte.
Enfermera: Tome asiento, por favor. Tiene el número ocho.

中譯

病人：午安，我來看López醫師的診。
護理師：午安，可以給我看您的證件嗎？
病人：這邊，我的護照。
護理師：請坐，您是8號。

必學句型 把下面的句型學起來，聽力原來這麼簡單！

1. Vengo a cita con...　我來看……的診
　Vengo a cita con el gerente.
　我來見經理的約。

2. ¿Me puede dar...?　你可以給我……嗎？
　¿Me puede dar su número de teléfono?
　您可以把你們的號碼給我嗎？

延伸學習 把以下的單字記起來，您就是聽力達人！

Tengo una cita.　我有約。
el carné del seguro　n.　保險卡

63

步驟 2

用2分鐘，聽聽音檔說什麼！

步驟 3

用1分鐘，回答問題，音檔的
內容都聽懂了嗎？

步驟 5

用2分鐘，複習原文中出現
的句型，增強理解實力！

步驟 6

用2分鐘，延伸學習相關實
用單字，您也是聽力達人！

目 次

Capítulo 1　交通（飛機）　　　15

Capítulo 2　交通（火車、捷運、巴士）　　　25

Capítulo 3 問路、尋人 **45**

Capítulo 4 生活問題（看醫生、買藥、寄包裹）**57**

Capítulo 9　電視新聞　**157**

Capítulo 10　電視廣告　**167**

MÉMO

第一章

交通

（飛機）

全世界有20個講西班牙語的國家，除了在歐洲的西班牙，是台灣人相對比較熟悉的之外，其他大部分都在拉丁美洲。這些西語系國家的機場，有哪些需要特別注意的地方呢？

　　首先，如果你是個足球迷，經過西班牙的巴賽隆納或馬德里機場，別忘了逛逛巴賽隆納和馬德里足球隊的官方商店，然後在要離開當地時，再去把紀念品買回家，減少旅行移動時的行李負擔。

　　再來，西班牙官方的午餐休息時間是下午2點到5點，就作者本人的經驗，連馬德里機場的旅客服務中心也會午休，若是抵達時間剛好是午休時間，建議最好先查好轉搭客運、地鐵等等的交通資訊，以免到了機場無人可問。

　　如果你的目的地是拉丁美洲，則建議你不要在托運行李裡面放太值錢的物品，像是數位相機、電腦等等，由於拉丁美洲許多國家的機場管理相對鬆散，行李當中值錢物品有遺失的風險。

　　如果你會經過哥倫比亞，則不管你最終目的地是哪裡，走出機場海關時，可能都會有搜查毒品的檢疫犬等著你，不用驚慌，這其實也只是許多國家對哥倫比亞的刻板印象，哥倫比亞本身還是一個很值得一遊的國家。

　　在本章中，各位可以聽到許多在機場以及飛機上常聽到的廣播，像是登機通知、機上服務、降落通知等等，往後至西語系國家旅行時，就能隨時掌握即時資訊，也更能及時把握機會，聽真實廣播練習西語聽力喔！

Embarque de avión
登機

▶ MP3-01

 請注意聽「往哪裡的班機」、「多久要起飛」、「在幾號登機門」。

 請先記住關鍵單字，可以更容易了解MP3播放的內容。

el pasajero   n. 旅客
el vuelo   n. 班機
dirigirse   v. 前往
la asistencia especial   n. 特殊協助
comunicarse   v. 聯絡、溝通

聽聽看 請先聽一次MP3，並回答以下問題，確認聽懂了多少。

問題 請回答以下問題，對的打○，錯的打×。

1. （　　）El vuelo con destino a Buenos Aires está llegando.
   前往布宜諾斯艾利斯的班機即將抵達。

2. （　　）En treinta minutos empezará a poder subir el avión.
   30分鐘後就可以開始上飛機了。

Pasajeros del vuelo KL702 con destino a Buenos Aires, favor de dirigirse a la puerta de abordaje treinta y dos. En treinta minutos empezará el abordaje. Si necesita asistencia especial puede comunicarse con el personal de la aerolínea.

中譯

搭乘KL702班機,前往布宜諾斯艾利斯的旅客,請前往32號登機門,我們即將於30分鐘後開始登機,如果您需要特殊的協助,請與我們航空公司的人員聯絡。

必學句型 ▶ 把下面的句型學起來,聽力原來這麼簡單!

1. Favor de＋原型動詞　　敬請……

Favor de apagar sus teléfonos móviles.

敬請將您的手機關機。

2. En＋一段時間　　一段時間之後

En 5 minutos llegaremos al aeropuerto de Madrid.

5分鐘之後我們即將抵達馬德里機場。

延伸學習 ▶ 把以下的單字記起來,您就是聽力達人!

la tarjeta de abordaje　n. 登機證
la media hora　n. 半個小時

解答：1.（×）2.（○）

2 Al despegar
起飛前

▶ MP3-02

 請注意聽「班機服務人員希望旅客配合什麼」。

 請先記住關鍵單字，可以更容易了解MP3播放的內容。

la tripulación　n. 班機服務人員

el dispositivo electrónico　n. 電子設備

el ordenador portátil　n. 筆記型電腦

apagados　adj. 關機的

guardados　adj. 放置的

el compartimiento superior　n. 上方行李櫃

bajo el asiento delantero　adv. 前方座位下方

聽聽看 請先聽一次MP3，並回答以下問題，確認聽懂了多少。

問題 請回答以下問題，對的打○，錯的打×。

1.（　　）Hay que apagar los dispositivos todo el tiempo.
電子設備要一直保持關機。

2.（　　）Se puede guardar los dispositivos electrónicos bajo el asiento delantero.
可以把電子設備放在前方座位的下方。

Por razones de seguridad, la tripulación podrá perdirles que apaguen y guarden sus dispositivos electrónicos en cualquier momento durante el vuelo. Para el despegue y aterrizaje, estos deberán estar apagados y guardados en el compartimiento superior o bajo el asiento delantero.

中譯

為了安全考量，班機服務人員在飛行中，可能會隨時請您將電子設備關機。在起飛及降落時，請將這些物品放置在上方行李櫃或前方座位的下方。

必學句型 把下面的句型學起來，聽力原來這麼簡單！

1. Por razones de... 為了……考量
Por razones de espacio, solo pueden llevar dos maletas grandes por persona.
為了空間上的考量，每人只能帶兩個大件行李。

2. en cualquier momento durante... 在……的任何時候、隨時
Mi jefe dice que me va a llamar en cualquier momento durante el viaje de negocio.
我老闆說，在出差期間，隨時會打電話給我。

延伸學習 把以下的單字記起來，您就是聽力達人！

la maleta   n. 行李
el equipaje a mano   n. 手提行李

解答：1.（×）2.（○）

3 Durante el vuelo
飛行中

▶ MP3-03

重點提示 ▶ 請注意聽「菜單在哪裡」、「機位上有充電裝置嗎」。

關鍵單字 ▶ 請先記住關鍵單字，可以更容易了解MP3播放的內容。

descubrir　v. 發現、探索
el bolsillo delantero　n.
前方座位袋子
informarse　v. 取得消息
contar con　fra. 包含、附有

el puerto USB　n. USB插孔
recargar　v. 充電
el dispositivo electrónico　n.
電子裝置

聽聽看 ▶ 請先聽一次MP3，並回答以下問題，確認聽懂了多少。

問題 ▶ 請回答以下問題，對的打○，錯的打×。

1. (　　) Hay que preguntar a las azafatas por la nueva carta menú.
如果要最新菜單需要詢問空服員。

2. (　　) En este avión pueden recargar sus dispositivos electrónicos a
través de los puertos USB.
本班機有USB插孔可為電子裝置充電。

Les invitamos a descubrir la nueva carta menú que encontrarán en el bolsillo delantero de sus asientos. Se les informa que los asientos cuentan con un puerto USB para que puedan recargar sus dispositivos electrónicos.

中譯

我們邀請各位來探索我們的最新菜單，菜單放置於經濟艙前方座位的袋子中。並在此告知各位，每個位子都附有USB插孔，供各位充電各種電子裝置。

必學句型 把下面的句型學起來，聽力原來這麼簡單！

1. Les invitamos a... 我們邀請各位……

   Les invitamos a probar nuestro nuevo servicio.

   我們邀請各位來體驗我們全新的服務。

2. Aprovechen... 好好把握……

   Aprovechen el viaje para descansar.

   好好把握這個旅程來休息。

延伸學習 把以下的單字記起來，您就是聽力達人！

el combo   n.   套餐
los productos sin impuesto   n.   免稅商品

（○）.2 （×）.1：答解

4 Antes de aterrizar
降落前

▶ MP3-04

請注意聽「飛機要降落在哪裡」、「旅客需要配合做什麼」。

關鍵單字 請先記住關鍵單字，可以更容易了解MP3播放的內容。

en breve fra. 即將
aterrizar v. 降落
el asiento n. 座位
el cinturón n. 安全帶

abrochado adj. 繫好的
la posición vertical n. 豎直
la persiana n. 窗戶遮罩

聽聽看 請先聽一次MP3，並回答以下問題，確認聽懂了多少。

問題 請回答以下問題，對的打○，錯的打×。

1.（　　）Este avión va a aterrizar pronto en el aeropuerto de Málaga.
這架班機即將降落在馬拉加。

2.（　　）Los pasajeros tienen que colocar las mesas en posición vertical.
旅客必須把桌子豎直。

A todos los pasajeros se les informa que en unos ocho minutos aproximadamente vamos a iniciar nuestro descenso al aeropuerto de Madrid Barajas Adolfo Suárez. Se les solicita regresar a sus asientos, mantener sus cinturones abrochados, colocar las mesas en posición vertical, levantar las persianas y colocar sus asientos en posición normal.

中譯

在此通知所有旅客，我們大約在八分鐘以後，降落於馬德里Barajas Adolfo Suárez機場。請各位配合回到座位上、繫好安全帶、將桌子豎直、將窗戶遮罩打開，並且將椅背調整回正常位置。

必學句型 把下面的句型學起來，聽力原來這麼簡單！

1. A todos los pasajeros se les informa que... 在此通知所有旅客
   A todos los pasajeros se les informa que la cena se servirá en unos minutos.
   在此通知所有旅客，晚餐將在幾分鐘後開始供應。

2. Se les solicita... 請各位配合
   Se les solicita preparar su pasaporte.
   請各位配合準備好護照。

延伸學習 把以下的單字記起來，您就是聽力達人！

el pasillo n. 走道
el formulario n. 表格、表單
horizontal adj. 水平的

（○）.2（×）.1：答解

24

第二章

交通

（火車、捷運、巴士）

本章延續交通的主題，帶大家認識一些西班牙及拉丁美洲當地的交通工具及搭乘情況。

　　西班牙重要大城如馬德里、巴賽隆納、瓦倫西亞等，都有非常完整的捷運和公車系統，邏輯和台北捷運差不多，稍微看一下就能摸熟。票券有單日票、3日票、週票、月票等，在捷運站各個入口都可以買到。西班牙的捷運沒有禁止飲食，比較大的捷運站內也有一些小商店、咖啡店可以吃些點心。

　　拉丁美洲的公車文化則是非常值得膽大、喜歡冒險的旅者體驗一番。在中美洲，許多國家的公車站沒有路線圖、沒有完整的站牌，也沒有跑馬燈隨時告訴旅客班車到達時間，一切都需要靠嘴巴問，且現場問到的資訊，往往比花大把力氣在網路上做功課更接近事實。因此，到拉丁美洲旅行時，最好的計畫就是不要計劃，放寬心、跟著時間流動，把每個突發狀況都當作旅行中的驚喜，才會更加深入體會這個民族的美好。

　　本章的內容幾乎都為作者Yolanda老師本人，近幾年在西班牙旅行時，一邊和當地人互動、一邊紀錄下的真實對話，非常貼近旅遊的實際狀況，聽熟之後，對未來的旅行會非常有幫助！

5 Comprando un billete de tren
買火車票

▶ MP3-05

¿A dónde vas?

重點提示 請注意聽「旅客要去哪裡」、「他決定搭幾點的車」、「預計幾點到」、「票價」。

關鍵單字 請先記住關鍵單字，可以更容易了解MP3播放的內容。

el billete n. 票
el asiento n. 座位

salir v. 離開、出發
llegar v. 到達

聽聽看 請先聽一次MP3，並回答以下問題，確認聽懂了多少。

問題 請回答以下問題，對的打〇，錯的打×。

1. （　　）El cliente sale de Valencia.
　　　　　旅客從瓦倫西亞出發。

2. （　　）El cliente va a llegar a las 5:50.
　　　　　旅客5:50會到。

Cliente: Un billete para Valencia, por favor.

Taquillero/a: ¿Para salir hoy?

Cliente: Sí, esta tarde. ¿Hay asiento?

Taquillero/a: Un momento, por favor.

Cliente: Vale.

Taquillero/a: Hay uno que sale a las 2:30 de la tarde, y otro que sale a las 3:10 de la tarde.

Cliente: ¿A qué hora llegará el que sale a las 2:30?

Taquillero/a: Llegará a las 5:50 de la tarde.

Cliente: Vale, dame este, por favor.

Taquillero/a: ¿Una persona?

Cliente: Sí.

Taquillero/a: 28.45 euros.

中譯

旅客：一張到瓦倫西亞的火車票。

售票員：今天出發的嗎？

旅客：是，今天下午，有位子嗎？

售票員：請等一下。

旅客：好的。

售票員：有一個是下午2點半出發的，另一個是下午3點10分出發的。

旅客：2點半出發的，幾點到？

售票員：5點50分到。

旅客：好，給我這個。

售票員：一個人嗎？

旅客：對。

售票員：28.45歐元。

必學句型 把下面的句型學起來，聽力原來這麼簡單！

1. Un billete para...　一張……的票
   Un billete para Sevilla, para salir esta noche.
   一張到賽維亞的票，今晚出發的。

2. Hay uno ..., y otro　有一個是……，另一個是……
   Hay uno que llega a las 5 de la tarde, y otro que llega a las 8:15 de la noche.
   有一個是下午5點到，另一個是晚上8點15分到。

延伸學習 把以下的單字記起來，您就是聽力達人！

al lado del pasillo　fra.　靠走道
al lado de la ventana　fra.　靠窗

解答：1.（×）2.（○）

29

6 Buscando la plataforma para subir al tren
找上火車的月台

▶ MP3-06

重點提示 請注意聽「這班火車應該在哪個月台搭車」、「要怎麼去那個月台」、「火車多久以後會開」。

關鍵單字 請先記住關鍵單字,可以更容易了解MP3播放的內容。

encontrar　v.　找到　　　　　　　　el ascensor　n.　電梯
la plataforma　n.　月台　　　　　　caminar　v.　走路
la escalera eléctrica　n.　手扶梯　　rápido　adj.　快的

聽聽看 請先聽一次MP3,並回答以下問題,確認聽懂了多少。

問題 請回答以下問題,對的打○,錯的打✕。

1. (　　) El cliente está buscando la plataforma de su tren.
　　　　旅客在找他的火車月台。

2. (　　) El cliente va a ir en ascensor.
　　　　旅客會去搭電梯。

Cliente: Perdón, no encuentro la plataforma de mi tren.

Taquillero/a: Déjeme ver su billete.

Cliente: Aquí está.

Taquillero/a: Es la plataforma 3A, puede bajar por esta escalera eléctrica.

Cliente: ¿No hay ascensor?

Taquillero/a: No, lo siento.

Cliente: Vale.

Taquillero/a: Tiene que caminar rápido. Su tren saldrá en 8 minutos.

中譯

旅客：不好意思，我找不到我的火車的月台。

售票員：讓我看一下您的票。

旅客：在這邊。

售票員：是3A月台，您可以從這個手扶梯下去。

旅客：沒有電梯嗎？

售票員：沒有，抱歉。

旅客：好的。

售票員：您要走快一點，您的火車8分鐘後會開。

把下面的句型學起來，聽力原來這麼簡單！

1. No encuentro...　我找不到……

   No encuentro el billete de tren que acabo de comprar.

   我找不到剛剛買的火車票。

2. Déjeme ver...　讓我看一下……

   Déjeme ver su pasaporte.

   讓我看一下您的護照。

延伸學習 把以下的單字記起來，您就是聽力達人！

la escalera　n.　樓梯

la cercanía　n.　短程火車（類似台灣的單縣市內支線火車或區間車）

la máquina de billete　n.　售票機

解答：1.（○）2.（×）

7

Anuncio en el metro
捷運廣播

▶ MP3-07

重點提示 請注意聽「下一站到哪裡」、「可以轉乘什麼車」。

關鍵單字 請先記住關鍵單字，可以更容易了解MP3播放的內容。

la próxima estación　n.　下一站
la correspondencia　n.　對應的（捷運、火車）路線
la cercanía　n.　短程火車（類似台灣的單縣市內支線火車或區間車）
el Renfe　西班牙國鐵

聽聽看 請先聽一次MP3，並回答以下問題，確認聽懂了多少。

問題 請回答以下問題，對的打○，錯的打✕。

1.（　　）La próxima estación es Sol.
　　　　　下一站是太陽站。

2.（　　）Puedes coger el Renfe en la próxima estación.
　　　　　你可以在下一站搭Renfe。

Próxima estación, Sol. Correspondencia con líneas uno, dos y cercanías Renfe. Recuerde tomar sus pertenencias al bajar.

中譯

下一站，太陽站。可轉乘一號線、二號線及短程火車（區間車）。下車時請記得您的隨身物品。

必學句型 把下面的句型學起來，聽力原來這麼簡單！

1. Correspondencia con...　可轉乘……

En la estación de metro de Taipei la línea azul tiene <u>correspondencia</u> <u>con</u> la línea roja.

在捷運台北車站，藍線可轉乘紅線。

2. al ＋ 原型動詞　在……的同時

<u>Al</u> llegar al aeropuerto, vamos a hacer una videollamada para confirmar todo.

到機場的時候，我們做個視訊會議來確認所有的事情。

延伸學習 把以下的單字記起來，您就是聽力達人！

la siguiente estación　n.　下一站
hacer cambio a　fra.　轉乘

解答：1.（○）2.（×）

8 Comprando un billete de autobús turístico (1)
買觀光巴士票（一）

▶ MP3-08

重點提示 請注意聽「巴士從哪裡出發」、「一天可以上下車幾次」。

關鍵單字 請先記住關鍵單字，可以更容易了解MP3播放的內容。

el autobús turístico　n.　觀光巴士　　　la audioguía　n.　語音導覽
el museo de arte　n.　美術館　　　　　subir　v.　上車
la línea roja　n.　紅線　　　　　　　bajar　v.　下車

聽聽看 請先聽一次MP3，並回答以下問題，確認聽懂了多少。

問題 請回答以下問題，對的打○，錯的打✕。

1. (　　) El autobús sale del museo de arte.
　　　　巴士從美術館出發。

2. (　　) Solo puede subir y bajar 10 veces al día.
　　　　一天只能上下車10次。

Cliente: ¿Aquí se compra el billete de autobús turístico?

Taquillero/a: Sí, le explico la ruta. Mire este mapa, ahora mismo estamos aquí. El autobús sale del museo de arte.

Cliente: Vale.

Taquillero/a: El recorrido que hace es la línea roja, 10 paradas con audioguía en 12 idiomas.

Cliente: ¿Incluye chino?

Taquillero/a: Sí, claro. Además por aquí en la plaza, va a parar 5 minutos en la vista panorámica.

Cliente: ¡Qué bien! ¿Cuántas veces se puede subir y bajar?

Taquillero/a: Las veces que quieras durante 24 horas.

Cliente: ¡Genial! Gracias por tu explicación. Déjame pensar.

Taquillero/a: Vale, no hay problema.

旅客：觀光巴士車票是在這裡買嗎？

售票員：是，我跟您說明路線。請看這張地圖，我們現在在這裡，巴士從美術館出發。

旅客：好。

售票員：行駛路線是紅線這條，共有10個站，都有12國語言的語音導覽。

旅客：包括中文嗎？

售票員：當然，而且在廣場這邊會停5分鐘，可以看全景。

旅客：真不錯！可以上下車幾次呢？

售票員：24小時內可以不限次數上下車。

旅客：很棒！謝謝你的説明，讓我想一下。

售票員：好，沒問題。

必學句型 把下面的句型學起來，聽力原來這麼簡單！

1. El autobús turístico sale desde...　觀光巴士從……出發
   El autobús turístico sale desde la universidad.
   觀光巴士從大學出發。

2. ¿Cuántas veces se puede...?　可以……幾次？
   ¿Cuántas veces se puede entrar y salir al día?
   一天可以進出幾次？

延伸學習 把以下的單字記起來，您就是聽力達人！

el monumento　n.　紀念碑
el edificio　n.　建築物
la vista de noche　n.　夜景

9 Comprando un billete de autobús turístico (2)
買觀光巴士票（二）

▶ MP3-09

重點提示 請注意聽「兩種票有什麼不一樣」、「可以分開買嗎」、
「分開買跟一起買的差別」。

關鍵單字 請先記住關鍵單字，可以更容易了解MP3播放的內容。

la diferencia n. 差別　　　　　el paquete n. 套裝、組合
el cuarto n. 四分之一　　　　la catedral n. 大教堂
aparte adv. 另外、分開

聽聽看 請先聽一次MP3，並回答以下問題，確認聽懂了多少。

問題 請回答以下問題，對的打○，錯的打×。

1. (　　) Todos los billetes cuestan 20 euros.
　　　　 所有的票都是20歐元。

2. (　　) Se puede comprar solo la entrada de la catedral.
　　　　 可以只買大教堂的票。

Turista: Veo que hay 2 tipos de billete, de 15 euros y de 30 euros, ¿cuál es la diferencia?

Dependiente: Sí, el de 30 euros incluye entrada a la catedral, el monumento más importante de la ciudad. Es un tour de una hora y cuarto aproximadamente y es con guía y acceso directo, en español e inglés.

Turista: Ya entiendo. ¿Y allí también se puede comprar la entrada aparte?

Dependiente: Claro. Si la compras aparte, solo la entrada es 20 euros por persona. Con nosotros es un paquete de 30 euros, todo incluido, autobús turístico para todo el día, y la entrada a la catedral.

Turista: Ya veo. Dame 2 paquetes de 30 euros, por favor.

中譯

觀光客：我看到有2種票，15歐元和30歐元的，有什麼不一樣？

店員：30歐元的有包括大教堂的門票，是這個城市最重要的建築物。是一個大約1小時15分鐘的行程，包括導覽員導覽且不用排隊，以西語和英語進行。

觀光客：我懂了。那門票也可以在那邊分開買嗎？

店員：當然，分開買的話，光門票就是20歐元囉！在我們這邊是30歐元全包，整天的觀光巴士，和大教堂的門票。

觀光客：我了解了，請給我兩張30歐元的套票。

1. ¿Cuál es la diferencia?　有什麼差別？

   <u>¿Cuál es la diferencia</u> de estos dos pasteles de queso?

   這兩種起司蛋糕有什麼不一樣？

2. El de 30 euros incluye...　30歐元的包含……

   <u>El de 30 euros incluye</u> entrega a domicilio.

   30歐元的包含送貨到府。

el adulto　n.　成人

el niño　n.　小孩（男）

la niña　n.　小孩（女）

el carné de estudiante　n.　學生證

el/la guía de turismo　n.　導遊

解答：1.（×）2.（○）

10

Pidiendo una dirección
問路

▶ MP3-10

重點提示 請注意聽「觀光客想去哪裡」、「他可以怎麼去」。

關鍵單字 請先記住關鍵單字，可以更容易了解MP3播放的內容。

perdido/a adj. 迷路的
un poco lejos adv. 有一點遠
tardar v. 花費（時間）
la calle n. 街

聽聽看 請先聽一次MP3，並回答以下問題，確認聽懂了多少。

問題 請回答以下問題，對的打〇，錯的打✕。

1. （　　）El turista quiere ir a una plaza.
　　　　　觀光客想去廣場。

2. （　　）Puede ir en autobús o taxi.
　　　　　他可以搭公車或計程車去。

41

Turista: Disculpe, estoy perdida. ¿Dónde está el restaurante LA PLAZA?

Persona: El restaurante está un poco lejos. Puede tomar el autobús 50 a dos calles de aquí, se tarda 30 minutos en llegar.

Turista: ¡Está lejos! ¿Y en taxi?

Persona: En taxi llegará en 10 minutos. Puede tomar un taxi enfrente.

Turista: Gracias.

中譯

觀光客：不好意思，我迷路了！LA PLAZA餐廳在哪裡啊？

路　人：餐廳有點遠，您可以在下兩條街的地方搭50號公車，大概要30分鐘才能到。

觀光客：那很遠呢！搭計程車的話呢？

路　人：搭計程車，10分鐘以內可以到，您可以在對面搭車。

觀光客：謝謝。

必學句型 把下面的句型學起來，聽力原來這麼簡單！

1. No sé ＋ 子句　我不知道……

   <u>No sé</u> dónde está el museo.

   我不知道博物館在哪裡。

2. Tarda ＋ 多久時間 ＋ en llegar ＋ 地方　花多久時間到哪裡

   El metro <u>tarda</u> 5 minutos <u>en llegar</u>.

   捷運5分鐘後會到。

延伸學習 把以下的單字記起來，您就是聽力達人！

el metro　n.　捷運
cambiar de línea　fra.　換線（轉乘）

MÉMO

第三章

問路、尋人

西語系國家的人大多很喜歡聊天，當我們外國臉孔的旅客能用一點西班牙語和他們問路的時候，他們都會很樂意幫忙，甚至自然地就跟我們閒話家常起來。作者Yolanda自己在古巴旅行時，每一次問路，幾乎都會跟對方變成一個20分鐘左右的對話，喜歡社交、交朋友的人去這些國家，會覺得非常滿足。

用西班牙語問路這件事情本身不難，把這章出現的幾個基本句型記起來，換成自己要問的地點就可以了。比較有挑戰性的是聽懂對方的回答，一開始會覺得對方語速很快、突然反應不過來都是正常的，不必要求自己全部聽懂，只要先抓出關鍵字，加上觀察拉丁民族特有的豐富肢體語言，慢慢就可以溝通了。

然而有些國家的安全性不如台灣，問路時仍然要注意，分一點注意力給自己的隨身物品，所有隨身物品都要在視線內顧好，最好是都背在胸前，雙手環抱住，千萬不能把包包放在地上。

還有的時候，會有人故意找觀光客問路，為的是分散我們的注意力，再藉機偷竊隨身物品。其實找觀光客問路這件事本身就不合理，但我們本性總是會想要回應，所以養成習慣把所有隨身物品放在視線內，一切就會安全許多。

關於問路的一些基本句型，歡迎參考這個我們錄製的情境影片：

Preguntando una dirección en el hotel
在住宿飯店詢問附近環境

▶ MP3-11

重點提示 請注意聽「客人要去哪裡」、「路線說明」、「那個地點的相關描述」。

關鍵單字 請先記住關鍵單字，可以更容易了解MP3播放的內容。

disculpar v. 不好意思　　　　　　girar v. 轉彎
la librería n. 書店　　　　　　　a la izquierda adv. 左邊
cerca adv. 附近　　　　　　　　a la derecha adv. 右邊

聽聽看 請先聽一次MP3，並回答以下問題，確認聽懂了多少。

問題 請回答以下問題，對的打○，錯的打×。

1. （　　）El cliente está buscando una biblioteca.
　　　　　客人在找一間圖書館。

2. （　　）Hay libros en español, inglés, francés y chino.
　　　　　有西班牙語、英語、法語、中文的書。

47

Cliente: Disculpe, ¿hay una librería cerca de aquí?

Hotel: Sí. Hay una librería cerca. A unos 10 minutos caminando.

Cliente: ¡Qué bien! ¿Cómo voy?

Hotel: Al salir del hotel, gire a la derecha. En la segunda calle gire a la izquierda. Hay una librería a la derecha.

Cliente: ¿Es una grande o pequeña?

Hotel: Es una librería grande. Hay libros en español, inglés, francés y chino.

Cliente: Gracias.

Hotel: A ti.

中譯

旅客：不好意思，請問這裡附近有書店嗎？

飯店：有，附近有一間，走路10分鐘。

旅客：太好了！怎麼去？

飯店：走出飯店，右轉。在第二條街左轉，右手邊就有一間書店。

旅客：是大書店還是小書店？

飯店：是一間大書店，有西班牙語、英語、法語、中文的書。

旅客：謝謝！

飯店：謝謝（對你也是）。

必學句型 ▶ 把下面的句型學起來，聽力原來這麼簡單！

1. Hay...　（某個地方）有……

   <u>Hay</u> descuento en la librería.

   書店有打折。

2. a ＋ 一段時間 ＋ 交通方式　透過某種交通方式多久可以到

   Mi oficina está <u>a</u> 20 minutos en moto.

   我的辦公室距離這邊騎摩托車要20分鐘。

必學句型 ▶ 把以下的單字記起來，您就是聽力達人！

¡Excelente!　adj.　太棒了！
¡Perfecto!　adj.　完美！
¿Cómo llego?　fra.　我怎麼去？
cruzar　v.　穿越

解答：1.（×）2.（○）

Preguntando por atención al cliente
尋找客服中心

▶ MP3-12

 請注意聽「客人在找什麼」、「那個地點在哪裡」。

關鍵單字 請先記住關鍵單字,可以更容易了解MP3播放的內容。

la atención al cliente　n.　客服中心
todo recto　adv.　直走

聽聽看 請先聽一次MP3,並回答以下問題,確認聽懂了多少。

問題 請回答以下問題,對的打〇,錯的打✕。

1. (　　) El cliente está buscando el baño.
　　　　 客人在找廁所。

2. (　　) La atención al cliente está en otra planta.
　　　　 客服中心在另一層樓。

原文

Cliente: Perdón, ¿para la atención al cliente? ¿En qué planta está?

Dependiente: ¿Atención al cliente? Está en esta planta. Después de pasar el baño, todo recto a mano izquierda.

Cliente: Gracias.

Dependiente: A ti.

中譯

顧客：不好意思，請問客服中心怎麼走？在幾樓？

店員：客服中心嗎？是這層樓。經過廁所之後，一直直走，就在左手邊。

顧客：謝謝。

店員：謝謝（對你也是）。

必學句型 把下面的句型學起來，聽力原來這麼簡單！

1. Para ＋ 要找的地方　……怎麼走

Perdón, ¿para la estación de tren?

不好意思，火車站怎麼走？

2. Después de ＋ 原型動詞　在……之後，做另一件事

Después de pasar la atención al cliente, vas a ver el ascensor.

在經過客服中心之後，你就會看到電梯了。

siga recto　v.　直走（與todo recto相同意思的另一種說法，siga是seguir（跟隨）這個字的命令式變化）

gire　v.　轉彎

a mano derecha　fra.　右手邊

13 Preguntando por un lugar
尋找一個地方

▶ MP3-13

重點提示 請注意聽「客人在找什麼」、「那個地點在哪裡」。

關鍵單字 請先記住關鍵單字，可以更容易了解MP3播放的內容。

la estación de metro n. 捷運站
la salida n. 出口
enfrente adv. 對面

聽聽看 請先聽一次MP3，並回答以下問題，確認聽懂了多少。

問題 請回答以下問題，對的打○，錯的打✕。

1.（   ）El cliente está buscando el baño.
　　　　　客人在找廁所。

2.（   ）Hay baño en la estación de metro.
　　　　　捷運站裡面就有廁所。

Cliente: Perdón, ¿hay un baño en la estación de metro?

Dependiente: Por aquí no, pero saliendo de la salida 2, hay una cafetería enfrente. Puedes ir al baño de allí.

Cliente: Vale, gracias.

中譯

顧客：不好意思，請問捷運站有廁所嗎？

店員：這裡沒有，可是2號出口出去，對面有一間咖啡店，你可以去那邊的廁所。

顧客：好，謝謝。

必學句型　把下面的句型學起來，聽力原來這麼簡單！

1. ¿Hay un ＋ 要找的地點 ＋ 位置？　在……有……嗎？

   ¿Hay un restaurante cerca de aquí?

   附近有餐廳嗎？

2. Saliendo de...　從……出去

   Saliendo del hotel, a la derecha.

   從飯店出去，右轉。

中譯　把以下的單字記起來，您就是聽力達人！

la entrada　n.　入口

a la derecha　adv.　右邊

a la izquierda　adv.　左邊

解答：1.（○）2.（×）

Buscando a una persona perdida
尋人

▶ **MP3-14**

重點提示 請注意聽「他們在找誰」、「在哪裡等他」、「多久後會離開」。

關鍵單字 請先記住關鍵單字,可以更容易了解MP3播放的內容。

el grupo de viaje　n.　旅行團
la puerta principal　n.　大門
dirigirse　v.　往……去

聽聽看 請先聽一次MP3,並回答以下問題,確認聽懂了多少。

問題 請回答以下問題,對的打〇,錯的打×。

1.（　　）Están esperando al señor Luis Reyes en la puerta principal.
　　　　　他們在大門等Luis Reyes先生。

2.（　　）El autobús se irá en cinco minutos.
　　　　　公車(遊覽車)五分鐘後會離開。

Anuncio:

Atención. Atención. Se le informa al señor Luis Reyes que su grupo de viaje está esperándolo en la puerta principal. Señor Luis Reyes, señor Luis Reyes, favor de dirigirse a la puerta principal. Su autobús se irá en cinco minutos. Gracias.

中譯

廣播：

注意，注意，在此告知Luis Reyes先生，您的旅行團在大門等您，Luis Reyes先生、Luis Reyes先生，請到大門來，您的公車（遊覽車）五分鐘後會離開，謝謝。

必學句型 把下面的句型學起來，聽力原來這麼簡單！

1. Se le informa... 在此告知……

Se le informa al público que la tienda va a cerrar en 15 minutos.

在此告知各位，本店即將在15分鐘後打烊。

2. dirigirse a ＋ 原型動詞 往……移動

¿A dónde nos dirigimos?

我們現在往哪裡去？／去哪裡？

延伸學習 把以下的單字記起來，您就是聽力達人！

la salida de emergencia n. 緊急逃生出口
la taquilla n. 售票亭

解答：1.（○）2.（○）

第四章

生活問題

（看醫生、買藥、寄包裹）

在西語系國家旅行時，若突然遇到身體不適的情況，該怎麼應變呢？和台灣相比，西班牙和拉丁美洲國家的藥局、診所，又有什麼不一樣的地方呢？

在西班牙市中心其實滿容易找到藥局的，只要注意找「farmacia」的招牌就可以了，大城市也有24小時營業的藥局。而西班牙的24小時藥局，在晚上9點、10點之後，是整個鐵門會拉起來的，只留一個小窗口。這個時候，口語能力就變得有點重要，因為客人什麼產品都看不到，沒辦法邊看邊逛，只能從小窗口跟藥師溝通。

若是在拉丁美洲，開架式的藥妝店、藥局更是少之又少，幾乎都是要跟藥師對話，再請藥師一個一個跟你介紹，所以要盡可能地把身體狀況、病痛描述清楚，讓藥師可以拿適合的藥給你。

在這些西語系國家，看病、預約都要花費很多天的時間，因此只是小病、小痛、小感冒時，通常不會選擇去看醫生，而是在家休息幾天，讓身體自然恢復。類似台灣一些評價高的診所老是在大排長龍的景象，在西語系國家是很少有的。

15 Haciendo una llamada a una clínica
打電話到診所

▶ MP3-15

重點提示 請注意聽「誰打給誰」、「打電話的目的」。

關鍵單字 請先記住關鍵單字，可以更容易了解MP3播放的內容。

la clínica　n.　診所
hacer una cita　v.　預約（看診）
está todo ocupado　fra.　約滿了

聽聽看 請先聽一次MP3，並回答以下問題，確認聽懂了多少。

問題 請回答以下問題，對的打○，錯的打×。

1. (　　) El cliente quiere hacer una cita.
　　　　客人想預約。

2. (　　) Va a ir a la clínica esta tarde.
　　　　今天下午會去看診。

Secretaria: Hola. Clínica del doctor López.

Yo: Hola. Disculpe, quería hacer una cita para esta tarde.

Secretaria: Un momento. Esta tarde está todo ocupado. ¿Le queda bien mañana a las diez y media de la mañana?

Yo: Sí, gracias. Mañana a las diez y media de la mañana está bien.

Secretaria: Su nombre y número de teléfono, por favor.

Yo: Alex Wu, 0958765412. Gracias.

中譯

祕書：您好，López醫師診所。

我：您好，不好意思，我想預約今天下午。

祕書：請稍等。今天下午都約滿了，明天早上10點半可以嗎？

我：好，謝謝。明天早上10點半可以。

祕書：您的名字和電話，麻煩一下。

我：Alex吳，0958765412，謝謝。

必學句型 ▶ 把下面的句型學起來，聽力原來這麼簡單！

1. Quería hacer una cita para ＋ 時間　我想預約（某時間）

   <u>Quería hacer una cita para</u> el sábado por la tarde.

   我想預約星期六下午。

2. ¿Le queda bien ＋ 時間?　（某時間）你可以嗎？

   ¿<u>Le queda bien</u> a las dos de la tarde?

   下午兩點您可以嗎？

延伸學習 ▶ 把以下的單字記起來，您就是聽力達人！

la consulta del doctor...　n.　……醫生診所

estar lleno/a　fra.　都滿了

el espacio　n.　空間、位子

En una clínica
在診所

▶ **MP3-16**

重點提示 ▶ 請注意聽「病人跟誰有約」、「拿到幾號」。

關鍵單字 ▶ 請先記住關鍵單字，可以更容易了解MP3播放的內容。

la cita　n.　約診　　　　　　la enfermera　n.　護理師

el asiento　n.　座位　　　　　el paciente　n.　病人

el doctor　n.　醫師

聽聽看 ▶ 請先聽一次MP3，並回答以下問題，確認聽懂了多少。

問題 ▶ 請回答以下問題，對的打○，錯的打╳。

1. (　　) El paciente ya tiene cita con el doctor López.
　　　　病人跟López醫師有約診。

2. (　　) El paciente tiene el número 18.
　　　　病人拿到18號。

原文

　　Paciente: Buenas tardes. Vengo a cita con el doctor López.

Enfermera: Buenas tardes. ¿Me puede dar su identificación?

　　Paciente: Aquí tiene, mi pasaporte.

Enfermera: Tome asiento, por favor. Tiene el número ocho.

中譯

　　病人：午安，我來看López醫師的診。

護理師：午安，可以給我看您的證件嗎？

　　病人：這邊，我的護照。

護理師：請坐，您是8號。

必學句型　把下面的句型學起來，聽力原來這麼簡單！

1. Vengo a cita con...　我來赴……的約

   Vengo a cita con el gerente.

   我來赴經理的約。

2. ¿Me puede dar...?　你可以給我……嗎？

   ¿Me puede dar su número de teléfono?

   你可以給我你的電話號碼嗎？

延伸學習　把以下的單字記起來，您就是聽力達人！

Tengo una cita.　我有約。

el carné del seguro　n.　健保卡

解答：1.（○）2.（×）

63

En la farmacia
在藥局

重點提示 請注意聽「病人想買什麼」、「什麼時候該吃藥」。

關鍵單字 請先記住關鍵單字，可以更容易了解MP3播放的內容。

la medicina　n.　藥
la receta　n.　處方箋
recordar　v.　記得

聽聽看 請先聽一次MP3，並回答以下問題，確認聽懂了多少。

問題 請回答以下問題，對的打○，錯的打×。

1. (　　) El paciente quiere comprar vitamina.
　　　　病人想買維他命。

2. (　　) Debe tomar la medicina antes de dormir.
　　　　藥應該睡前吃。

原文 ▶

Paciente: Buenas tardes. ¿Tiene pastillas para el dolor de cabeza?

Farmacia: Sí, tenemos. Un momento, por favor.

Paciente: Gracias.

Farmacia: Hay de dos tipos. Estas de caja azul le van a dar mucho sueño, y estas de caja roja no.

Paciente: Deme la caja roja entonces.

Farmacia: Recuerde que debe tomarlas después de comer.

Paciente: Sí, gracias.

中譯 ▶

病人：午安，你有頭痛藥嗎？

藥局：有，我們有，請稍等。

病人：謝謝。

藥局：有兩種，這種藍盒子的是吃了會想睡覺的，這個紅色盒子的不會。

病人：給我紅盒子的這種好了。

藥局：記得要飯後吃。

病人：好的，謝謝。

把下面的句型學起來，聽力原來這麼簡單！

1. 某個事物 ＋ dar ＋ sueño　某個事物讓人想睡覺

   Este tipo de película me da sueño.

   這種電影讓我想睡覺。

2. Recuerde que ＋ 子句　記得……

   Recuerde que la cita es el sábado.

   請記得您的約是星期六。

把以下的單字記起來，您就是聽力達人！

la pastilla para el dolor de estómago　n.　肚子痛的藥

la pastilla para el dolor de dientes　n.　牙痛的藥

la crema　n.　藥膏

antes de dormir　fra.　睡前

18 Enviando un paquete por correo
到郵局寄包裹

▶ MP3-18

 請注意聽「客人去郵局做什麼」、「要怎麼寄」、「寄到哪裡」。

 請先記住關鍵單字，可以更容易了解MP3播放的內容。

el paquete　n.　包裹　　　　　nacional　adj.　國內的
llenar　v.　填寫　　　　　　　internacional　adj.　國際的
la boleta　n.　單子

聽聽看 請先聽一次MP3，並回答以下問題，確認聽懂了多少。

問題 請回答以下問題，對的打○，錯的打×。

1. (　　) El cliente quiere enviar ropa.
　　　　客人想寄衣服。

2. (　　) El cliente va a enviar el paquete por barco.
　　　　客人想要寄海運包裹。

Yo: Hola, quiero enviar este paquete, por favor.

Empleado de oficina de correo: Con gusto. ¿Qué tiene adentro?

Yo: Son libros.

Empleado de oficina de correo: ¿Para envío nacional o internacional?

Yo: Internacional, lo quiero enviar a Asia.

Empleado de oficina de correo: ¿Por avión o por barco?

Yo: ¿En cuánto tiempo llega por barco?

Empleado de oficina de correo: 3 semanas más o menos.

Yo: Entonces por barco está bien.

Empleado de oficina de correo: Llene esta boleta, por favor.

Yo: Aquí tiene.

Empleado de oficina de correo: Son 250 pesos.

Yo: Gracias.

Empleado de oficina de correo: De nada.

中譯

我：你好，我想寄這個包裹，麻煩你。

郵局人員：好的，裡面有什麼？

我：是書。

郵局人員：是國內還是國際包裹？

我：國際的，我要寄到亞洲。

郵局人員：空運還是海運？

我：海運多久會到？

郵局人員：大約3週。

我：那海運就好了。

郵局人員：請填這個單子，麻煩你。

我：在這邊（填好了）。

郵局人員：一共是250披索。

我：謝謝。

郵局人員：不客氣。

必學句型 ▶ 把下面的句型學起來，聽力原來這麼簡單！

1. ¿En cuánto tiempo...?　多久會……？

¿En cuánto tiempo llegamos al cine?

我們還有多久會到電影院？

延伸學習 ▶ 把以下的單字記起來，您就是聽力達人！

la carta　n.　信

la tarjeta postal　n.　明信片

¿Qué contiene?　包含什麼？（裡面有什麼？）

rellenar el formulario　fra.　填表單

▶ **MP3-19**

重點提示 ▶ 請注意聽「客人買哪種郵票」、「一張郵票多少錢」。

關鍵單字 ▶ 請先記住關鍵單字，可以更容易了解MP3播放的內容。

el correo　n.　郵局　　　　　　　　nacional　adj.　國內的
el sello　n.　郵票　　　　　　　　　la postal　n.　郵票

聽聽看 ▶ 請先聽一次MP3，並回答以下問題，確認聽懂了多少。

問題 ▶ 請回答以下問題，對的打〇，錯的打✕。

1.（　　）El cliente quiere comprar sellos para envío nacional.
　　　　　客人想要買寄國內用的郵票。

2.（　　）El sello que quiere comprar cuesta 1.75 euros.
　　　　　客人想要買的郵票一張1.75歐元。

70

Yo: Hola, ¿tienen sellos?

Empleado de oficina de correo: Sí, claro. ¿Para dónde quieres enviar?

Yo: Para enviar una postal a Asia.

Empleado de oficina de correo: Entonces necesitas este de 1.75 euros.

Yo: Bien, dame 6, por favor.

Empleado de oficina de correo: ¿Algo más?

Yo: Solamente. ¿Cuánto es en total?

Empleado de oficina de correo: Son 10.50 euros.

Yo: Aquí tienes, gracias.

Empleado de oficina de correo: A ti.

我：你好，有賣郵票嗎？

郵局人員：當然，要寄到哪裡呢？

我：想寄明信片到亞洲。

郵局人員：那麼你需要這種1.75歐元的。

我：好的，請給我6張。

郵局人員：還需要什麼嗎？

我：這樣就好，一共多少？

郵局人員：10.50歐元。

我：這邊（給錢），謝謝你。

郵局人員：謝謝（對你也是）。

把下面的句型學起來，聽力原來這麼簡單！

1. ¿Para dónde quieres...?　你想要……到哪裡？

   <u>¿Para dónde quieres</u> que te lleve?

   你想要我帶你到哪裡？

2. dame...　給我……

   <u>Dame</u> 3 sobres, por favor.

   請給我3個信封。

延伸學習 把以下的單字記起來，您就是聽力達人！

el correo certificado　n.　掛號信

el correo expreso　n.　限時信

el correo normal　n.　一般信

el correo nacional　n.　國內信

el correo internacional　n.　國際信

cobrar por peso　fra.　秤重計費

el sobre　n.　信封

第五章

觀光

西班牙許多博物館、著名觀光景點的門票，現在都已經可以線上預訂，再到現場拿票，出發前不妨先上這些地點的官網查詢，像是巴賽隆納的聖家堂、馬德里的普拉多博物館、格拉納達的阿爾罕布拉宮，建議都要預先線上訂票，比較保險。

　　如果要去西班牙看足球，可以先在官網上或在ticketmaster購票系統上訂票。要注意的是有時電子票上會顯示「日期待確認」，也就是比賽日期是有可能變動的。

　　作者Yolanda本人就是到了巴塞隆納當天，才發現比賽竟然比原定提早一天舉行，還好有即時看到路邊的比賽宣傳海報，要不然就錯過了。所以建議出發前幾天一定要再上網確認比賽時間，最好是提早一兩天到達該城市，比較保險。

　　而在拉丁美洲，還是老話一句，許多人習慣的「預先安排」的旅行方法，在拉丁美洲不太適用。因為他們是一個非常懂得「享受當下」的民族，相較於我們老覺得時間不夠，這裡的人則認為人生永遠有大把時間可以享受。在拉丁美洲觀光，走一步算一步，才會發現各種當下的驚喜。

20 Comprando una entrada de museo
買博物館門票

▶ MP3-20

請注意聽「客人是哪國人」、「除了門票還付了什麼錢」、「提到哪些語言」。

關鍵單字 請先記住關鍵單字，可以更容易了解MP3播放的內容。

la entrada　n.　門票
el adulto　n.　成人
el pasaporte　n.　護照

Europa　n.　歐洲
la audioguía　n.　語音導覽

聽聽看 請先聽一次MP3，並回答以下問題，確認聽懂了多少。

問題 請回答以下問題，對的打○，錯的打×。

1. (　　) Los clientes son europeos.
　　　　客人是歐洲人。

2. (　　) Van a alquilar audioguía.
　　　　他們要租語音導覽。

Cliente: Dos entradas para adultos, por favor.

Taquillero/a: ¿Tienen pasaporte de Europa?

Cliente: No, somos asiáticos.

Taquillero/a: Vale, son 30 euros en total. ¿Vais a querer alquilar audioguía?

Cliente: ¿Hay en chino?

Taquillero/a: Sí, hay en 9 idiomas, español, inglés, francés, alemán, portugués, italiano, chino, coreano y japonés.

Cliente: Entonces sí, 2 audioguías, por favor.

Taquillero/a: Son 5 euros extras cada uno. Serían 40 euros en total.

Cliente: Vale.

客人：兩張成人門票。

售票員：有歐洲護照嗎？

客人：沒有，我們是亞洲人。

售票員：好，一共30歐元，要租語音導覽嗎？

客人：有中文的嗎？

售票員：有9個語言，西班牙語、英語、法語、德語、葡萄牙語、義大利語、中文、韓語和日語。

客人：那我們要兩個語音導覽。

售票員：每個5塊歐元，這樣總共40歐元。

客人：好。

必學句型 把下面的句型學起來,聽力原來這麼簡單!

1. ¿Vais a querer ...?　你們會想要……嗎?

   ¿<u>Vais a querer</u> comprar un libro sobre este museo?

   你們會想要買一本關於這間博物館的書嗎?

2. Entonces sí.　那就這麼做吧。/那好。

   <u>Entonces sí</u>. Quiero dos libros.

   那好,我要兩本。

延伸學習 把以下的單字記起來,您就是聽力達人!

la recepción　n.　櫃檯
el folleto de introducción　n.　介紹手冊
el plano del museo　n.　博物館地圖

Visitando un museo
參觀博物館

▶ MP3-21

 請注意聽「客人在找什麼」、「客人問了哪些問題」、「洗手間在哪裡」。

 請先記住關鍵單字,可以更容易了解MP3播放的內容。

la obra n. 作品	segunda adj. 第二的
permitir v. 允許	la mujer n. 女人
la planta n. 樓層	el hombre n. 男人

聽聽看 請先聽一次MP3,並回答以下問題,確認聽懂了多少。

問題 請回答以下問題,對的打〇,錯的打×。

1. (　　) El cliente está buscando las obras de Dalí.
   客人在找達利的作品。

2. (　　) El cliente quiere grabar videos.
   客人想錄影片。

Cliente: Perdón, ¿en qué planta están las obras de Dalí?

Dependiente: En la tercera planta.

Cliente: Gracias. Y otra pregunta, ¿se puede tomar fotos?

Dependiente: Sí, pero no se permite usar flash.

Cliente: Vale. Y una pregunta más, ¿dónde está el baño?

Dependiente: En la segunda planta está el baño de mujeres, y la tercera planta está el baño de hombres.

Cliente: Muchas gracias.

Dependiente: A usted.

客人：不好意思，達利的作品在幾樓？

店員：在三樓。

客人：謝謝，另外還有一個問題，可以拍照嗎？

店員：可以，但是不能用閃光燈。

客人：好的，再問一下，洗手間在哪裡？

店員：女生洗手間在二樓，男生洗手間在三樓。

客人：非常謝謝。

店員：謝謝（對您也是）。

1. ¿En qué planta está...?　……在幾樓？

   ¿<u>En qué planta está</u> la tienda de recuerdos?

   紀念品店在幾樓？

2. ¿Se puede...?　可以……嗎？

   ¿<u>Se puede</u> comer aquí?

   可以在這邊吃嗎？

延伸學習 把以下的單字記起來，您就是聽力達人！

la zona de estatuas　n.　雕像區

la zona de pinturas　n.　畫作區

grabar video　v.　錄製影片

Viendo un partido de fútbol, al entrar al estadio, haciendo chequeo de seguridad
看足球賽，進場時過安檢

▶ **MP3-22**

 請注意聽「什麼不能帶進場」、「可以怎麼處理」。

 請先記住關鍵單字，可以更容易了解MP3播放的內容。

la entrada   n. 門票
la mochila   n. 背包
la botella de agua   n. 水瓶
prohibido   adj. 禁止的

la seguridad   n. 安全
tirar   v. 丟掉
dejar   v. 留在……

聽聽看 請先聽一次MP3，並回答以下問題，確認聽懂了多少。

問題 請回答以下問題，對的打〇，錯的打✕。

1. （   ）El aficionado no puede llevar la botella de agua al estadio.
　　　　　球迷不可以帶水瓶進場。

2. （   ）El aficionado solo puede tirar la botella si quiere entrar.
　　　　　球迷想要進場的話，只能選擇把水瓶丟掉。

81

Personal del estadio: La entrada, por favor.

Yo: Aquí está.

Personal del estadio: Abre tu mochila, por favor.

Yo: Vale.

Personal del estadio: No se puede entrar con esta botella de agua.

Yo: ¿Por qué no?

Personal del estadio: Está prohibido por seguridad. Puedes tirarla aquí, o dejarla en alguna tienda al lado.

Yo: Ya no me da tiempo, la tiro entonces.

足球場員工：門票，麻煩一下。

我：在這邊。

足球場員工：背包打開，麻煩一下。

我：好。

足球場員工：水瓶不能帶進去。

我：為什麼不行？

足球場員工：這是禁止的，安全考量。你可以在這邊丟掉，或是拿去附近的店家放。

我：我來不及了，那我丟掉好了。

1. Está prohibido   ……是禁止的

   <u>Está prohibido</u> fumar aquí.

   這裡禁菸。

2. No me da tiempo ＋ 原型動詞   時間來不及了

   <u>No me da tiempo</u> volver al hotel para dejar las cosas.

   來不及回飯店放東西了。

MÉMO

....
....
....
....
....
....
....
....
....
....
....
....
....
....
....
....

第六章

購物

到西班牙旅行，如果想購物，一定不能錯過連鎖百貨公司El Corte Inglés（英國宮百貨公司）。舉凡西班牙知名品牌的衣服ZARA、MANGO，鞋子品牌CAMPER、名牌包包LOEWE，在El Corte Inglés都買得到。

要注意的是，星期天大部分的百貨公司都沒有開，只有馬德里或巴賽隆納這樣的大城市，可能可以碰到有開的分店，所以要血拼的話，一定要注意安排非週日的時間。

El Corte Inglés地下室的超市也非常好買，像是西班牙有許多平價的花茶、咖啡粉、turrón（杜隆杏仁糖），都是很棒的伴手禮，都能在那裡買到。

在拉丁美洲，觀光客喜歡到當地原住民的手工藝品市集買小紀念品，不過，千萬記得一定要殺價，大約可以從對方開價的60%開始殺起，若是用西班牙語殺價的話，當然成功機率就更高喔！

23 Anuncio de una oferta especial en un centro comercial
百貨公司特價廣播

▶ MP3-23

6

購
物

 請注意聽「哪種客人可以有打折優惠」、「哪些店家提供打折優惠」。

關鍵單字 請先記住關鍵單字,可以更容易了解MP3播放的內容。

el descuento　n.　折扣　　　　el juguete　n.　玩具
el por ciento　n.　百分之幾　　la librería　n.　書店
el maquillaje　n.　化妝品

聽聽看 請先聽一次MP3,並回答以下問題,確認聽懂了多少。

問題 請回答以下問題,對的打○,錯的打×。

1. (　　) El descuento es para todos los clientes.
　　　　所有客人都可以享有折扣。

2. (　　) Solo hay descuento en las tiendas de maquillaje.
　　　　只有化妝品櫃有折扣。

87

Anuncio: Buenas tardes. A todos nuestros visitantes les informamos que todos los cumpleañeros del día tienen un descuento especial del 25 por ciento en todas las tiendas de maquillaje, juguetes y librería. De parte de todos nosotros, les deseamos un ¡Feliz Cumpleaños! Gracias por su visita.

中譯

廣播：午安，在此告知我們所有的顧客，所有今天生日的顧客們，都可以在化妝品櫃、玩具店以及書店享有75折優惠。（本公司）全體祝福各位生日快樂，感謝您的蒞臨。

必學句型 把下面的句型學起來，聽力原來這麼簡單！

1. Les informamos que...　在此告知各位⋯⋯

   Les informamos que hay descuento en todos los libros en chino.

   在此告知各位，所有中文圖書都有折扣。

2. De parte de todos nosotros　謹代表我們全體

   De parte de todos nosotros ¡Bienvenidos!

   謹代表我們全體歡迎各位。

延伸學習 把以下的單字記起來，您就是聽力達人！

la tienda de ropa　n.　服飾店
la zapatería　n.　鞋店
la perfumería　n.　香水店
el electrodoméstico　n.　家電用品

解答：1.（×）2.（×）

Anuncio de una oferta especial en un supermercado
超市特價廣播

24

▶ MP3-24

重點提示 ▶ 請注意聽「哪種商品有打折」、「打折多久」、「有沒有限量」。

關鍵單字 ▶ 請先記住關鍵單字，可以更容易了解MP3播放的內容。

ahorrar v. 省下、存下   el inicio de clases n. 開學季
la oferta especial n. 特別優惠   los útiles escolares n. 學校用品
el producto importado n. 進口貨品 la existencia n. 存在

聽聽看 ▶ 請先聽一次MP3，並回答以下問題，確認聽懂了多少。

問題 ▶ 請回答以下問題，對的打○，錯的打×。

1. (   ) Hay ofertas especiales en todos los productos importados.
　　　　　　所有進口貨品將有特別優惠。

2. (   ) La oferta dura toda la semana.
　　　　　　特別優惠將持續一週。

Anuncio: ¡Ahorre más con supermercado La Esquina! Este fin de semana tendremos ofertas especiales en todos los productos importados. Desde un 10 hasta un 30 por ciento de descuento. Y aún hay más, por ser inicio de clases tendremos ofertas de dos por uno en ropa de niños y útiles escolares. ¡Los esperamos! Ofertas mientras duren existencias.

中譯

廣播：La Esquina（轉角）超市讓您省大錢！本週末所有進口貨品將有7折到9折特別優惠！此外，兒童衣物、學校用品，開學季買一送一特惠中！等候您的光臨。數量有限，要買要快！

必學句型　把下面的句型學起來，聽力原來這麼簡單！

1. Ahorre más con ...　……讓您省大錢！
   Ahorre más con productos ELEFANTE.
   大象系列產品，讓您省大錢！

2. desde ... hasta ...　從……到……
   Desde las 8 de la mañana hasta las 11 de la mañana, hay espectáculo de Disney en el primer piso.
   從早上8點到早上11點，在一樓有迪士尼表演。

3. dos por uno　買一送一（買兩個算一個的錢）
   El jugo de naranja está a dos por uno.
   柳橙汁買一送一。

延伸學習 把以下的單字記起來，您就是聽力達人！

el lácteo　n.　乳製品

el higiénico　n.　衛生用品

la papelería　n.　文具用品

Pagando la compra
購物付款

重點提示 ▶ 請注意聽「店員詢問客人的問題」、「價錢」、「客人選擇的付款方式」。

關鍵單字 ▶ 請先記住關鍵單字，可以更容易了解MP3播放的內容。

la tarjeta de membresía　n.　會員卡
solicitar　v.　申請
el efectivo　n.　現金
el comprobante　n.　收據

聽聽看 ▶ 請先聽一次MP3，並回答以下問題，確認聽懂了多少。

問題 ▶ 請回答以下問題，對的打○，錯的打✕。

1.（　　）El cliente no quiere solicitar una tarjeta de membresía.
　　　　客人不要申請會員卡。

2.（　　）El cliente paga con tarjeta.
　　　　客人刷卡付費。

原文

Cajero: ¿Tiene tarjeta de membresía?

Cliente: No, no tengo.

Cajero: ¿Quiere solicitarla en este momento?

Cliente: No, gracias.

Cajero: De acuerdo. Son 650 quetzales. Puede pagar en efectivo o tarjeta.

Cliente: Pago con tarjeta.

Cajero: Aquí está su comprobante. Pase un buen día.

Cliente: Gracias.

中譯

收銀員：您有會員卡嗎？

客人：不，我沒有。

收銀員：您要現在申請一張嗎？

客人：不用，謝謝。

收銀員：好的，650格查爾（瓜地馬拉幣），您可以付現或刷卡。

客人：我刷卡。

收銀員：這邊是您的收據，祝您有個美好的一天。

客人：謝謝。

把下面的句型學起來，聽力原來這麼簡單！

1. ¿Quiere solicitar ... en este momento?　您要現在申請……嗎？

   ¿Quiere solicitar una tarjeta de membresía en este momento?

   您要現在申請一張會員卡嗎？

2. Pago con ...　我用……付款

   Pago con efectivo.

   我用現金付款。

延伸學習 把以下的單字記起來，您就是聽力達人！

estar registrado/a　fra.　有登記的、有會員的、有註冊的

registrarse　v.　登記、註冊、報名

el recibo　n.　發票

26 Preguntando dónde está un producto
詢問商品在哪裡

▶ MP3-26

重點提示 請注意聽「客人在找什麼商品」、「該商品在哪裡」、「店員如何結束對話」。

關鍵單字 請先記住關鍵單字，可以更容易了解MP3播放的內容。

la sopa instantánea n. 泡麵   nacional adj. 當地的
el pasillo n. 走道   importada adj. 進口的

聽聽看 請先聽一次MP3，並回答以下問題，確認聽懂了多少。

問題 請回答以下問題，對的打〇，錯的打×。

1.（   ）El cliente está buscando sopas instantáneas.
　　　　　客人在找泡麵。

2.（   ）Las sopas instantáneas están en el pasillo de al lado.
　　　　　泡麵在隔壁走道。

Cliente: Disculpe, ¿dónde están las sopas instantáneas?

Dependiente: En el pasillo dos. Sígame, por favor.

Dependiente: Aquí están las sopas instantáneas. Hay nacionales e importadas.

Cliente: ¡Qué bien!

Dependiente: Si desea algo más, estoy en el pasillo de al lado.

Cliente: Gracias.

中譯

客人：不好意思，請問泡麵在哪裡？

店員：在第二走道，請跟我來。

店員：泡麵在這裡，有當地的，也有（異國）進口的。

客人：太好了！

店員：如果您還需要什麼的話，我在隔壁走道。

客人：謝謝。

附註：在台灣，泡麵是「麵＋湯」，而在西語世界是「湯＋麵」，因此
sopa字面上雖然是「湯」，還是翻成「泡麵」。

必學句型 把下面的句型學起來，聽力原來這麼簡單！

1. ¿Dónde están ...?　……在哪裡？

   <u>¿Dónde está</u> el pan?

   麵包在哪裡？

2. Si desea algo más, ...　如果還需要什麼的話……

   <u>Si desea algo más</u>, puede llamar a este número.

   如果還需要什麼的話，可以打這個電話。

延伸學習 把以下的單字記起來，您就是聽力達人！

el ingrediente　n.　調味料

la galleta　n.　餅乾

la bebida　n.　飲料

el papel higiénico　n.　衛生紙

（×）‧2（○）‧1：答解

27

Comprando recuerdos
買紀念品

重點提示 請注意聽「客人想買什麼紀念品」、「價錢」。

關鍵單字 請先記住關鍵單字，可以更容易了解MP3播放的內容。

echar una mano　fra.　幫忙
el imán　n.　磁鐵
avisar　v.　通知

聽聽看 請先聽一次MP3，並回答以下問題，確認聽懂了多少。

問題 請回答以下問題，對的打○，錯的打×。

1. (　　) El cliente quiere ver los imanes.
   客人想看磁鐵。

2. (　　) 4 imanes son 10 euros.
   4個磁鐵10歐元。

Dependiente: ¿Le puedo echar una mano?

Cliente: Quería ver los imanes.

Dependiente: Aquí están todos. 6 euros por 2, 10 euros por 4.

Cliente: Bueno.

Dependiente: ¿Necesita otra cosa?

Cliente: Ahora no, le voy a avisar.

Dependiente: Vale.

店員：可以協助您嗎？

客人：我想看磁鐵。

店員：都在這邊，2個6歐元，4個10歐元。

客人：好的。

店員：還需要別的嗎？

客人：現在不用，（要的話）我再通知您。

店員：好的。

1. echar una mano   幫助（助你一臂之力）

   ¿Me puedes <u>echar una mano</u> con el reporte?

   可以幫助我寫報告嗎？

2. Le voy a avisar   我再通知您

   <u>Le voy a avisar</u> cuando llegue su pedido.

   您的訂貨到的時候，我再通知您。

延伸學習 ▶ 把以下的單字記起來，您就是聽力達人！

el regalo   n.   禮物
el recuerdo   n.   紀念品
la postal   n.   明信片
el sello   n.   郵票

28 En un supermercado, anuncio para mover el coche
超市廣播請客人移車

▶ MP3-28

重點提示 請注意聽「廣播在找誰」、「需要聽到的人做什麼」。

關鍵單字 請先記住關鍵單字，可以更容易了解MP3播放的內容。

el dueño　n.　主人
solicitar　v.　申請、懇請
bloquear　v.　阻擋

la bodega　n.　倉庫
inmediatamente　adv.　立刻

聽聽看 請先聽一次MP3，並回答以下問題，確認聽懂了多少。

問題 請回答以下問題，對的打○，錯的打×。

1. (　　) El dueño del coche tiene que moverlo.
　　　　車主必須移動他的車。

2. (　　) El coche está en el parqueo norte.
　　　　車在北區停車場。

Al dueño del coche con placas DEF4142, se le solicita moverlo de lugar. Está bloqueando la entrada de la bodega. Al dueño del coche con placas DEF4142, diríjase al parqueo norte inmediatamente. Gracias.

中譯

車號DEF4142的車主,懇請您移動您的愛車,您的愛車擋到倉庫的門口了。車號DEF4142的車主,請立即前往北區停車場,謝謝您。

必學句型 把下面的句型學起來,聽力原來這麼簡單!

1. Se le solicita　懇請您……／麻煩您……
   Se le solicita llegar temprano a la oficina.
   麻煩您早點到辦公室。

2. moverlo　移動它(受詞加在原型動詞後面)
   ¿Puedes moverlo, por favor?
   可以請你移動它嗎?

延伸學習 把以下的單字記起來,您就是聽力達人!

el propietario　n.　擁有者
el vehículo　n.　汽車
cuanto antes posible　fra.　盡快

29 En un centro comercial, cuando cierran (Guatemala)
百貨公司打烊廣播（瓜地馬拉）

▶MP3-29

重點提示 請注意聽「營業時間」、「這段廣播的目的為何」。

關鍵單字 請先記住關鍵單字，可以更容易了解MP3播放的內容。

agradecer v. 感謝　　　　　　　la preferencia n. 偏好的選擇
despedirse v. 道別　　　　　　　agradecido adj. 感激的

聽聽看 請先聽一次MP3，並回答以下問題，確認聽懂了多少。

問題 請回答以下問題，對的打○，錯的打×。

1. （　　）Este centro comercial está abierto de lunes a sábado.
　　　　這間百貨公司從週一到週六營業。

2. （　　）Este centro comercial cierra a las 10 de la noche.
　　　　這間百貨公司晚上10點打烊。

Centro Comercial La Paz, el lugar para toda la familia, les agradece a todos nuestros clientes su visita. Nuestras puertas están abiertas de lunes a domingo de diez de la mañana a diez de la noche. Las puertas están cerrando, ha llegado la hora de despedirnos, no sin antes desearles que pasen una buena noche y esperamos verles nuevamente el día de mañana. Por su preferencia, muy agradecidos.

中譯

La Paz百貨公司，為您全家人而在的地方，感謝我們所有顧客的光臨。我們的營業時間，是週一到週日早上十點到晚上十點。現在我們即將打烊，到了與您道別的時刻，在這之前，祝福您們有個美好的夜晚，並且期待明天再次與您相見。非常感謝您的蒞臨（選擇我們）。

必學句型 把下面的句型學起來，聽力原來這麼簡單！

1. Les agradece　感謝您們
   <u>Les agradece</u> su compra.
   感謝您們的購買。

2. Ha llegado la hora de　到了……的時候
   <u>Ha llegado la hora de</u> regresar a casa.
   到了回家的時候。

延伸學習 把以下的單字記起來，您就是聽力達人！

abrir　v.　打開、開門（開始營業）
todos los días　adv.　每天

解答：1.（×）2.（○）

En un centro comercial, cuando cierran (España)

30 百貨公司打烊廣播（西班牙）

▶ MP3-30

重點提示 請注意聽「什麼時候要打烊」、「是否能繼續購物」。

關鍵單字 請先記住關鍵單字，可以更容易了解MP3播放的內容。

recordar　v.　提醒
rogar　v.　請求
agilizar　v.　加快、精簡

聽聽看 請先聽一次MP3，並回答以下問題，確認聽懂了多少。

問題 請回答以下問題，對的打○，錯的打✗。

1. (　　) El centro comercial va a cerrar pronto.
　　　　 百貨公司即將打烊。

2. (　　) Ya no se puede hacer más compras.
　　　　 已經不能再購物了。

Le recordamos que en pocos minutos nuestro centro comercial cerrará sus puertas. Le rogamos que agilice sus compras y esperamos que haya pasado un buen día con nosotros. Y no olvide que continuamos a su servicio en internet en elcorteingles.es donde les esperamos.

中譯 ▶

提醒您，本百貨公司在幾分鐘後即將打烊。請盡快完成購物，也希望您在此度過了愉快的一天。別忘了我們在網路上會繼續為您服務，網站elcorteingles.es歡迎您的光臨。

必學句型 ▶ 把下面的句型學起來，聽力原來這麼簡單！

1. Le recordamos que ...　我們提醒您……
   Le recordamos que ya son las ocho de la noche.
   我們提醒您已經晚上八點了。

2. Esperamos que ＋ 現在完成虛擬式　希望您……了
   Esperamos que haya tenido buen viaje.
   我們希望您有（度過）了一個愉快的旅程。

延伸學習 ▶ 把以下的單字記起來，您就是聽力達人！

informar　v.　告知、通知
a sus órdenes　fra.　為您服務
para servirle　fra.　為您服務

解答：1.（○）2.（×）

106

▶ MP3-31

 請注意聽「客人如何殺價」、「最後多少錢成交」。

關鍵單字 請先記住關鍵單字，可以更容易了解MP3播放的內容。

el quetzal   n.   格查爾（瓜地馬拉幣）

el monedero   n.   零錢包

estar hecho a mano   fra.   手工做的

 請先聽一次MP3，並回答以下問題，確認聽懂了多少。

 請回答以下問題，對的打〇，錯的打✗。

1.（　　）El cliente dijo "déjamelo a 35 quetzales".

客人說「算我35格查爾」。

2.（　　）El precio final es 25 quetzales por uno.

最後的價錢是一個25格查爾。

Vendedor: Pase adelante.

Cliente: ¿A cómo está este monedero?

Vendedor: 40 quetzales.

Cliente: Déjamelo a 25 quetzales.

Vendedor: 30 quetzales. Mire, está hecho a mano, muy buena calidad.

Cliente: Bueno, es que 30 quetzales está caro.

Vendedor: Llévese 2, se los dejo a 50 quetzales.

Cliente: Bueno, está bien.

中譯

賣家／店員：請進。

客人：這個零錢包怎麼賣？

賣家／店員：40格查爾（瓜地馬拉幣）

客人：算我25格查爾。

賣家／店員：30格查爾，你看，這是手工做的，品質很好。

客人：嗯，可是30格查爾太貴了。

賣家／店員：你帶2個，我算你50格查爾。

客人：好吧！

必學句型 把下面的句型學起來,聽力原來這麼簡單!

1. ¿A cómo está...? ……怎麼賣?

   ¿A cómo está este bolso?

   這個包包怎麼賣?

2. Déjame a ＋ 價錢 算我……價錢

   ¡Déjame a 50 pesos!

   算我50披索!

延伸學習 把以下的單字記起來,您就是聽力達人!

¿Qué precio tiene? fra. 這價錢多少?

el descuento n. 折扣

dos por uno fra. 買一送一(買兩個算一個的價錢)

tres por dos fra. 買二送一(買三個算兩個的價錢)

MÉMO

第七章

餐廳

西班牙的餐廳，有的會分「吧台區」和「用餐區」兩個區塊，吧台區只提供飲料和小菜（tapas），要站著吃；用餐區就有桌子、椅子可以坐著吃，一定要點正餐。

小資族旅行，如果擔心不小心吃到太貴的餐廳，可以先站在餐廳門口看看，有沒有類似「menú del día」這樣的看板或海報。menú del día類似台灣的「今日特餐」，通常可以選一道前菜、一道主菜、一個甜點、一種飲料，還搭配麵包，小城市10歐元以內，大城市15歐元以內，就可以吃到這樣一套完整的餐，而且分量通常都比台灣的餐來得多，保證吃很飽。

到西班牙也一定要體驗他們隨時來杯咖啡的文化。西班牙當地的咖啡很單純，就是咖啡和牛奶兩種元素，咖啡和牛奶的量不同，就有不同的說法。像台灣常見的焦糖瑪奇朵、榛果咖啡那一類加料的咖啡，非常少見。下面就是在西班牙點咖啡一定要會的字：

café solo
濃縮黑咖啡

café americano
美式咖啡

café cortado
咖啡加少量牛奶

leche manchada
牛奶咖啡

café con hielo
冰咖啡

café con leche
咖啡加牛奶

32 Llegando a la cafetería
到達咖啡店

▶ MP3-32

 請注意聽「服務員怎麼開頭讓客人點餐」、「客人點了哪兩種東西」。

關鍵單字 請先記住關鍵單字,可以更容易了解MP3播放的內容。

dígame   v.   您請説
el café cortado   n.   咖啡加少量牛奶
el jamón ibérico   n.   伊比利火腿
el pan tostado   n.   吐司麵包
enseguida   adv.   馬上

聽聽看 請先聽一次MP3,並回答以下問題,確認聽懂了多少。

問題 請回答以下問題,對的打〇,錯的打✕。

1. (　　) El cliente quiere un café con leche.
   客人要一杯咖啡牛奶(拿鐵)。

2. (　　) El cliente quiere comer un pan tostado con jamón ibérico.
   客人要吃吐司麵包加伊比利火腿。

113

Camarero: Dígame.

   Cliente: Un café cortado, por favor.

Camarero: ¿Con leche caliente?

   Cliente: Leche del tiempo.

Camarero: ¿Algo para comer?

   Cliente: Un pan tostado con jamón ibérico.

Camarero: Enseguida.

   Cliente: Gracias.

服務生：您請說。

   客人：一杯咖啡加少量牛奶，麻煩你。

服務生：加熱牛奶嗎？

   客人：常溫牛奶。

服務生：要吃點什麼嗎？

   客人：吐司麵包加伊比利火腿。

服務生：馬上來。

   客人：謝謝。

必學句型 ▷ 把下面的句型學起來，聽力原來這麼簡單！

1. Díme.　你請說。（是decir的命令式，咖啡店服務員通常會說這句請客人點餐）

   Dígame.　您請說。

   <u>Dígame</u> cómo puedo ayudarle.

   請告訴我如何能夠幫助您。

2. ¿Algo para ...?　要……一點什麼嗎？

   <u>¿Algo para</u> beber?

   要喝點什麼嗎？

延伸學習 ▷ 把以下的單字記起來，您就是聽力達人！

el café solo　n.　黑咖啡

el café con leche　n.　咖啡牛奶（類似台灣的拿鐵）

la sangría　n.　西班牙水果酒

▶ MP3-33

重點提示 ▶ 請注意聽「安排了哪區的位子」、「店員提供了什麼東西」。

關鍵單字 ▶ 請先記住關鍵單字，可以更容易了解MP3播放的內容。

el área de niños   n.   兒童區
síganme (seguir)   v.   （您們）請跟我來
la silla para niños   n.   兒童椅

聽聽看 ▶ 請先聽一次MP3，並回答以下問題，確認聽懂了多少。

問題 ▶ 請回答以下問題，對的打○，錯的打×。

1. （　　） Quieren área de niños.
   他們要兒童區。

2. （　　） El mesero ofrece una silla para niños.
   服務生提供一張兒童椅。

原文

Cliente: Buenas noches.

Mesero: Buenas noches. ¿Cuántas personas?

Cliente: Para cuatro personas.

Mesero: ¿Área de niños?

Cliente: Sí, por favor.

Mesero: Síganme, por favor. ¿Está bien esta mesa?

Cliente: Sí, está perfecta.

Mesero: ¿Desean una silla para niños?

Cliente: Sí, muy amable.

Mesero: Ahora la traigo.

中譯

客人：晚安。

服務生：晚安，請問幾位？

客人：四位。

服務生：兒童區可以嗎？

客人：好的，麻煩你。

服務生：請跟我來。這張桌子可以嗎？

客人：好的，謝謝（你真好）。

服務生：要兒童椅嗎？

客人：要，謝謝。

服務生：我馬上拿來。

把下面的句型學起來，聽力原來這麼簡單！

1. Síganme, por favor. （您們）請跟我來。

   Por aquí. Síganme, por favor.

   這邊，（您們）請跟我來。

2. ¿Desean una ...? 您們想要……嗎？

   ¿Desean una mesa más grande?

   您們想要大一點的桌子嗎？

延伸學習 把以下的單字記起來，您就是聽力達人！

el área infantil　n.　嬰兒區

el área de juegos　n.　遊戲區

por aquí　adv.　這邊

34 Llegando al restaurante (2)
到達餐廳（二）

▶ MP3-34

 請注意聽「客人希望在哪裡用餐」、「飲料要先上還是後上」。

關鍵單字 請先記住關鍵單字，可以更容易了解MP3播放的內容。

tomar algo	v. 喝東西	la tapa	n. 西班牙小菜的統稱
en un rato	fra. 等一下	la tortilla	n. 西班牙烘蛋
enseguida	adv. 立刻		

聽聽看 請先聽一次MP3，並回答以下問題，確認聽懂了多少。

問題 請回答以下問題，對的打○，錯的打×。

1. （　　）El cliente quiere comer en la mesa.
   客人要在桌子用餐。

2. （　　）El cliente quiere la bebida antes de la comida.
   客人要餐前上飲料。

Camarero: ¿Para comer en la mesa, o para tomar algo en el bar?

Cliente: Para comer.

Camarero: ¿Una persona?

Cliente: 2 personas, el otro viene en un rato.

Camarero: Vale, les traigo el menú enseguida. ¿Quiere tomar algo primero?

Cliente: Una limonada, por favor.

Camarero: ¿Con tapa?

Cliente: Sí, una tortilla, por favor.

服務生：要一張桌子用餐，還是在吧台喝東西？

客人：要用餐。

服務生：一位嗎？

客人：兩位，另一位等一下就到。

服務生：好的，馬上拿菜單來。要先喝點什麼嗎？

客人：一杯檸檬汁，麻煩你。

服務生：要小菜嗎？

客人：要，西班牙烘蛋，麻煩你。

必學句型 ▷ 把下面的句型學起來,聽力原來這麼簡單!

1. Para + 原型動詞　為了……

   ¿<u>Para</u> llevar o <u>para</u> comer aquí?

   帶走還是這邊吃?

2. Les traigo ...　帶……來給您們

   <u>Les traigo</u> un poco de agua.

   我拿一點水來給您們。

延伸學習 ▷ 把以下的單字記起來,您就是聽力達人!

para comer aquí　fra.　內用
para llevar　fra.　外帶

Ordenando comida (1)
35
點餐（一）

▶ **MP3-35**

 請注意聽「客人點了哪些食物」。

 請先記住關鍵單字，可以更容易了解MP3播放的內容。

el menú del día   n. 今日特餐
el primer plato   n. 第一道菜
el segundo plato   n. 第二道菜
la ensalada mixta   n. 綜合沙拉

el pollo asado   n. 烤雞
el helado de fresa   n. 草莓冰淇淋
el flan   n. 布丁
el café con leche   n. 咖啡牛奶（拿鐵）

聽聽看 請先聽一次MP3，並回答以下問題，確認聽懂了多少。

問題 請回答以下問題，對的打○，錯的打×。

1. (　　) El cliente solo quiere una ensalada.
　　　　客人只要單點一份沙拉。

2. (　　) El cliente pide un flan de fresa.
　　　　客人點一個草莓布丁。

122

Camarero: Aquí está el menú.

Cliente: ¿Hay menú con foto?

Camarero: Sí, en la otra página.

Cliente: Ah, perfecto. Voy a querer un menú del día.

Camarero: ¿Qué quiere de primer plato?

Cliente: Una ensalada mixta. Y de segundo plato, un pollo asado.

Camarero: ¿Y el postre? Hoy tenemos flan y helado.

Cliente: Un helado de fresa.

Camarero: ¿Para tomar?

Cliente: Un café con leche, después de la comida, por favor.

Camarero: Vale, enseguida.

中譯

服務生：好的，這邊請，這是菜單。

客人：有附照片的菜單嗎？

服務生：有，在另一頁。

客人：喔，很好！我要一個今日特餐。

服務生：第一道菜要什麼呢？

客人：一個綜合沙拉。第二道要烤雞。

服務生：甜點呢？我們今天有布丁、冰淇淋。

客人：一個草莓冰淇淋。

服務生：喝的呢？

客人：咖啡牛奶（拿鐵），餐後上，麻煩你。

服務生：好的，馬上來。

1. ¿Hay menú ...?　有……的菜單嗎？

   <u>¿Hay menú</u> en chino y con fotos?

   有中文、附照片的菜單嗎？

2. Después de ...　在……之後

   <u>Después del</u> postre, por favor.

   請在甜點之後（再上菜），麻煩你。

延伸學習 ▶ 把以下的單字記起來，您就是聽力達人！

la paella　n.　西班牙海鮮飯

las gambas al ajillo　n.　大蒜鮮蝦

el vaso de agua　n.　一杯水

la croqueta　n.　可樂餅

el pan　n.　麵包

36 Ordenando comida (2)
點餐（二）

▶ MP3-36

🔲**重點提示** 請注意聽「客人點了什麼食物」、「客人點了什麼飲料」、
「關於食物有什麼特殊說明」。

🔲**關鍵單字** 請先記住關鍵單字，可以更容易了解MP3播放的內容。

el filete con arroz　n.　牛排飯
bien cocida　adj.　全熟的
tres cuartos　adj.　四分之三熟的

la ensalada César　n.　凱薩沙拉
el mesero / la mesera　n.
服務生（拉丁美洲）

🔲**聽聽看** 請先聽一次MP3，並回答以下問題，確認聽懂了多少。

🔲**問題** 請回答以下問題，對的打○，錯的打×。

1. （　　）Los dos clientes quieren su carne bien cocida.
　　　　　兩位客人都要全熟。

2. （　　）Nadie quiere café caliente.
　　　　　沒有人要熱咖啡。

Mesero: ¿Qué van a pedir?

Cliente 1: Deseo filete con arroz.

Mesero: ¿Cómo desea su carne? ¿Bien cocida o tres cuartos?

Cliente 1: Tres cuartos.

Cliente 2: Para mí, una ensalada César.

Mesero: Vale. ¿Y de beber?

Cliente 1: Un café caliente.

Cliente 2: Un café frío.

Mesero: ¿Algo más?

Cliente 1: Solamente, gracias.

服務生：要點些什麼？

客人1：我想要牛排飯。

服務生：要幾分熟？全熟還是四分之三熟？

客人1：四分之三熟。

客人2：我要一個凱薩沙拉。

服務生：好的，要喝什麼？

客人1：熱咖啡。

客人2：冰咖啡。

服務生：還要什麼嗎？

客人1：這樣就好，謝謝。

必學句型 ▶ 把下面的句型學起來，聽力原來這麼簡單！

1. ¿Cómo desea ...?　您想要怎麼樣的⋯⋯呢？

   ¿Cómo desea su café? ¿Con azúcar y leche?

   您想要怎麼樣的咖啡呢？加糖加奶嗎？

2. Para mí, ...　我的話⋯⋯／我要⋯⋯

   Para mí, una pasta.

   我要一個義大利麵。

3. ¿Algo más?　還需要什麼嗎？

   ¿Quieren ordenar algo más?

   還要點些什麼嗎？

延伸學習 ▶ 把以下的單字記起來，您就是聽力達人！

el bistec　n.　肉排
preferir　v.　偏好、比較想要
tomar　v.　喝、拿

　　如果想再多練習點餐對話，歡迎參考這個我們錄製的情境影片：

Quejándose en el restaurante
在餐廳提出抱怨

▶ MP3-37

重點提示 ▶ 請注意聽「客人為什麼抱怨」、「客人如何表達他們的要求」、「餐廳提供了什麼補償」。

關鍵單字 ▶ 請先記住關鍵單字,可以更容易了解MP3播放的內容。

verificar v. 確認
lista adj. 準備好的
la prisa n. 趕時間

la molestia n. 不方便、打擾
la cortesía n. 禮貌

聽聽看 ▶ 請先聽一次MP3,並回答以下問題,確認聽懂了多少。

問題 ▶ 請回答以下問題,對的打○,錯的打×。

1. (　　) El cliente está quejándose por el precio.
　　　　客人在抱怨價錢。

2. (　　) El restaurante está invitando una bebida.
　　　　餐廳請客人喝一杯飲料。

128

Cliente 1: Disculpe, mi comida no ha llegado.

Mesero: Un momento, por favor. Voy a verificar en la cocina.

Mesero: Lo siento. Hoy hay mucha gente, su comida estará lista en cinco minutos.

Cliente 2: Tenemos prisa, ¿puede ser más rápido?

Mesero: Sí, disculpen por la molestia.

Mesero: Aquí tienen una bebida, cortesía de la casa.

中譯

客人1：不好意思，我的餐還沒到。

店員：請等一下，我跟廚房確認。

店員：很抱歉，人很多，您的餐再五分鐘就好。

客人2：我們趕時間，可以快一點嗎？

店員：好的，造成不便很抱歉。

店員：這邊給您們每人一杯飲料，本餐廳招待。

必學句型 把下面的句型學起來，聽力原來這麼簡單！

1. Voy a verificar con ...　我再跟⋯⋯確認

Voy a verificar con la cocina.

我再跟廚房確認。

2. ¿Puede ser más ...?　可以更⋯⋯一點嗎？

¿Puede ser más caliente?

可以再（加）熱一點嗎？

venir　v.　來

consultar　v.　請教

preguntar　v.　問

No tenemos tiempo.　我們沒有時間。

Date prisa, por favor.　請你快一點。

38 Al llegar la comida
上菜

▶ MP3-38

重點提示 請注意聽「上了什麼菜」、「吃哪一種牛排」。

關鍵單字 請先記住關鍵單字，可以更容易了解MP3播放的內容。

el filete tres cuartos　n.　四分之三熟的牛排

la ensalada　n.　沙拉　　　　　　completa　adj.　完整的

caliente　adj.　熱的　　　　　　buen provecho　fra.　請享用

frío　adj.　冷的

聽聽看 請先聽一次MP3，並回答以下問題，確認聽懂了多少。

問題 請回答以下問題，對的打〇，錯的打✕。

1. (　　) La ensalada César no ha llegado.
凱薩沙拉還沒來。

2. (　　) El filete es bien cocido.
牛排是全熟的。

Mesero: ¿El filete tres cuartos con arroz?

Cliente 1: Aquí, por favor.

Mesero: ¿La ensalada César?

Cliente 2: Es mía, gracias.

Mesero: ¿Un café caliente?

Cliente 1: Aquí.

Mesero: ¿Un café frío?

Cliente 2: Aquí.

Mesero: Su orden está completa. ¡Buen provecho!

店員：四分之三熟牛排飯？

客人1：這裡，麻煩你。

店員：凱薩沙拉？

客人2：我的，謝謝。

店員：熱咖啡？

客人1：這裡。

店員：冰咖啡？

客人2：這裡。

店員：您（們）點的餐都到齊了，請享用。

必學句型 ▶ 把下面的句型學起來，聽力原來這麼簡單！

1. Es mía. / Es mío.　這是我的。

   El arroz es mío.

   飯是我的。

2. Su orden está completa.　您點的餐都到齊了。

   Aquí está su comida. Su orden está completa.

   這是您的餐點，您點的餐都到齊了。

延伸學習 ▶ 把以下的單字記起來，您就是聽力達人！

¡Que disfruten su comida!　請享用。

Es para mí.　這是我的。

término medio　adj. 半熟

bien cocido　adj. 全熟

▶ MP3-39

重點提示 ▶ 請注意聽「客人跟服務生要求哪兩樣東西」。

關鍵單字 ▶ 請先記住關鍵單字，可以更容易了解MP3播放的內容。

trae (traer)　v.　帶來

el plato pequeño　n.　小盤子

la cuchara　n.　湯匙

聽聽看 ▶ 請先聽一次MP3，並回答以下問題，確認聽懂了多少。

問題 ▶ 請回答以下問題，對的打○，錯的打╳。

1. (　　) El cliente está pidiendo un plato pequeño.
　　　　客人要求一個小盤子。

2. (　　) El cliente está pidiendo dos cucharas.
　　　　客人要求兩個湯匙。

Cliente: Disculpe, ¿me trae un plato pequeño, por favor?

Camarero: Con gusto. Ahora mismo.

Camarero: Aquí tiene. ¿Algo más?

Cliente: Sí, otra cuchara, por favor.

Camarero: Aquí tiene. ¿Algo más?

Cliente: Nada más, gracias.

中譯

客人：不好意思，可以請（你）拿（帶來）一個小盤子給我嗎？

服務生：好的，馬上來。

服務生：在這裡，還需要什麼嗎？

客人：是的，再一個湯匙，麻煩你。

服務生：在這裡，還需要什麼嗎？

客人：不用了，謝謝。

必學句型 把下面的句型學起來，聽力原來這麼簡單！

1. ¿Me trae ..., por favor? 可以請（你）拿（帶來）……給我嗎？

   ¿Me trae otro café, por favor?

   再給我一杯咖啡，好嗎？麻煩你。

2. ¿Algo más? 還需要什麼嗎？

   Aquí tiene. ¿Algo más?

   在這邊，還需要什麼嗎？

el vaso　n.　杯子

el cuchillo　n.　刀

el tenedor　n.　叉子

la pajita　n.　吸管（西班牙）

la pajilla　n.　吸管（瓜地馬拉、哥斯大黎加）

el sorbete　n.　吸管（多明尼加、阿根廷）

el popote　n.　吸管（墨西哥）

40 Pidiendo más cosas en el restaurante (2)
在餐廳提出要求（二）

▶ MP3-40

重點提示 ▶ 請注意聽「客人跟服務生要求哪兩樣東西」。

關鍵單字 ▶ 請先記住關鍵單字，可以更容易了解MP3播放的內容。

traer v. 帶來
la servilleta n. 餐巾紙
el agua n. 水

聽聽看 ▶ 請先聽一次MP3，並回答以下問題，確認聽懂了多少。

問題 ▶ 請回答以下問題，對的打○，錯的打×。

1. （　　）El cliente está pidiendo servilletas.
　　　　客人要求要餐巾紙。

2. （　　）El cliente está pidiendo un poco más de té.
　　　　客人要求多一點茶。

137

Cliente: ¿Me puede traer más servilletas?
Camarero: Claro. Aquí tiene. ¿Necesita algo más?
Cliente: Un poco más de agua, por favor.
Camarero: A la orden.

中譯

客人：可以請（你）拿（帶來）多一點餐巾紙給我嗎？

服務生：當然。在這裡，還需要什麼嗎？

客人：再加一點水，麻煩你。

服務生：好的。

必學句型 把下面的句型學起來，聽力原來這麼簡單！

1. ¿Necesita algo más? 還需要什麼嗎？
   Aquí tiene su café. ¿Necesita algo más?
   這是您的咖啡，還需要什麼嗎？

2. Un poco más de ..., por favor. 再加一點……，麻煩你。
   Un poco más de sal, por favor.
   再加一點鹽，麻煩你。

延伸學習 把以下的單字記起來，您就是聽力達人！

el azúcar n. 糖
el hielo n. 冰塊
la crema n. 奶精

Pagando la cuenta
買單

▶ MP3-41

 請注意聽「付款方式」、「選擇付款的幣別」。

關鍵單字 請先記住關鍵單字，可以更容易了解MP3播放的內容。

la cuenta n. 買單
pagar v. 付錢
la caja n. 收銀台
la tarjeta de crédito n. 信用卡

firme v. 請您簽名（firmar的命令式）
esperar v. 希望
regresar v. 回來

聽聽看 請先聽一次MP3，並回答以下問題，確認聽懂了多少。

問題 請回答以下問題，對的打○，錯的打×。

1. （　　）El restaurante acepta tarjeta de crédito.
　　　　餐廳接受信用卡。

2. （　　）El cliente quiere pagar en dólares taiwaneses.
　　　　客人想要付台幣。

Cliente: La cuenta, por favor.

Mesero: Aquí tiene. Puede pagar en la caja, por favor.

Cliente: ¿Acepta tarjeta de crédito?

Cajero: Sí, no hay problema. ¿Quiere pagar en euros o dólares taiwaneses?

Cliente: Euros.

Cajero: Firme aquí por favor. Aquí tiene su factura.

Cliente: Gracias. Adiós.

Cajero: Adiós. Esperamos que regrese.

中譯

客人：買單，麻煩你。

服務生：（帳單）在這邊，請您到收銀台結帳，謝謝。

客人：接受信用卡嗎？

收銀員：可以，沒問題。您要付歐元還是台幣？

客人：歐元。

收銀員：請在這邊簽名，這邊是您的收據。

客人：謝謝，再見。

收銀員：再見，歡迎再度（回來）光臨。

必學句型 把下面的句型學起來,聽力原來這麼簡單!

1. ¿Acepta ...?　接受……嗎?

   ¿<u>Acepta</u> dólares taiwaneses?

   接受台幣嗎?

2. ¿Quiere ... o ...?　您要……或是……?

   ¿<u>Quiere</u> un café <u>o</u> un té?

   您要咖啡還是茶?

延伸學習 把以下的單字記起來,您就是聽力達人!

el postre　n.　甜點

la sal　n.　鹽巴

el queso　n.　起司

el cambio　n.　找錢

la moneda　n.　硬幣

el billete　n.　紙鈔

MÉMO

....
....
....
....
....
....
....
....
....
....
....
....
....
....
....

第八章

飯店

雖然現在大部分的住宿預訂都能在網站上完成了，不過一些比較鄉下或郊區的小城市，旅館資訊不一定都在網站上，如果能夠用西語打電話來做二次確認，會是更理想的。

　　如果喜歡跟當地人多接觸，建議考慮嘗試airbnb，從預定旅館之後就需要跟房子主人私訊討論一些細節，像是預計幾點會到、房間內的設備、有沒有要注意的居住規定等等，入住後也可以跟房東詢問在地人才知道的私房景點，這些溝通過程都會是非常真實、好玩的一種體驗。

　　如果旅程中喜歡放空、獨處，則建議選擇旅館或飯店，可以擁有完全私人的空間，也不需要跟人社交，畢竟拉丁民族都非常能聊，如果居住在同一個空間，回到房子就跟你大聊特聊，是一點也不奇怪的喔！

　　另外，拉丁美洲一些比較偏遠的景點，旅館不一定有提供熱水，很介意的話，建議要事先問清楚，比較保險！

42 Reservar un hotel por teléfono
電話訂房

▶ MP3-42

重點提示 請注意聽「訂哪種房型」、「訂房日期」、「住幾個晚上」。

關鍵單字 請先記住關鍵單字,可以更容易了解MP3播放的內容。

el cliente n. 客戶   individual adj. 單人的
reservar v. 預定   doble adj. 雙人的
la habitación n. 房間

聽聽看 請先聽一次MP3,並回答以下問題,確認聽懂了多少。

問題 請回答以下問題,對的打○,錯的打✕。

1. ( ) El cliente quiere reservar una habitación doble.
  客人想要預訂雙人房。

2. ( ) Va a llegar el 3 de diciembre.
  客人12月3日會到。

Hotel: Aló. Hotel El Turista.

Cliente: Hola. Quiero reservar una habitación doble, el día 13 de diciembre, por tres noches.

Hotel: Un momento, por favor. ¿Desea camas individuales o cama doble?

Cliente: Cama doble, por favor.

Hotel: Es una habitación con cama doble, el día 13 de diciembre, por tres noches. ¿Correcto?

Cliente: Sí. Una consulta, por si acaso, ¿hay agua caliente en la habitación?

Hotel: Sí, hay agua caliente.

Cliente: Perfecto.

Hotel: Muy bien. Lo esperamos el 13 de diciembre entonces.

Cliente: Gracias.

中譯

飯店：哈囉！EL Turista飯店。

客人：你好，我想預定一間雙人房，十二月13日，三個晚上。

飯店：請稍等。您要單人床還是雙人床？

客人：雙人床。

飯店：一個雙人床房間、十二月13日、三個晚上，對嗎？

客人：對，請教一下，以防萬一，你們房間有熱水嗎？

飯店：有，有熱水。

客人：很好！

飯店：好的，那麼我們十二月13日見。

客人：謝謝。

必學句型 把下面的句型學起來，聽力原來這麼簡單！

1. Quiero reservar...　我要預約……

   <u>Quiero reservar</u> una mesa para 4 personas para este sábado, por favor.

   我想預約4個人的位子，這個星期六，麻煩你。

延伸學習 把以下的單字記起來，您就是聽力達人！

la habitación individual　n.　單人房

la reservación　n.　預約

de acuerdo　fra.　同意、好的

perfecto　adj.　很好的、完美的

▶ MP3-43

重點提示 ▶ 請注意聽「哪種房型」、「飯店人員跟客人要什麼東西」、
「房間號碼」、「飯店人員給客人什麼東西」。

關鍵單字 ▶ 請先記住關鍵單字，可以更容易了解MP3播放的內容。

la reservación	n.	預定	la identificación	n.	證件

la reservación　n.　預定　　　　la identificación　n.　證件
la cama doble　n.　雙人床　　　el ascensor　n.　電梯
permitir　v.　允許　　　　　　la llave　n.　鑰匙

聽聽看 ▶ 請先聽一次MP3，並回答以下問題，確認聽懂了多少。

問題 ▶ 請回答以下問題，對的打○，錯的打×。

1. (　　) El cliente tiene una reservación a nombre de El Turista.
客人有用El Turista這個名字預訂房間。

2. (　　) Su habitación es la número 610.
客人的房間是610號。

Hotel: Bienvenido al Hotel El Turista.

Cliente: Hola. Tengo una reservación a nombre de Mario Paz.

Hotel: Un momento, por favor. ¿Habitación con cama doble por tres noches?

Cliente: Sí.

Hotel: Por favor, permítame su identificación.

Cliente: Aquí tiene.

Hotel: Firme aquí, por favor. Su habitación es la número 610. En el sexto piso. El ascensor está allí. Esta es la llave de su habitación.

Cliente: Gracias.

中譯

飯店：歡迎來到El Turista飯店。

客人：你好，我有用Mario Paz的名字預訂。

飯店：請稍等。一個雙人床房間、三個晚上，對嗎？

客人：對！

飯店：請給我您的證件。

客人：在這邊。

飯店：請在這裡簽名，您的房間是610號，在六樓，電梯在那裡。這是房間鑰匙。

客人：謝謝。

1. permítame...　請允許我、請給我……

   <u>Permítame</u> un momento, por favor.

   請給我一點時間。／請等我一下。

2. a nombre de...　用……的名字（掛名）

   Ha comprado un coche <u>a nombre de</u> su hijo.

   他用他兒子的名字買了一輛車。

el pasaporte　n.　護照

la sexta planta　n.　六樓（＝ el sexto piso）

el elevador　n.　電梯（＝ el ascensor）

Pidiendo información en un hotel
詢問飯店資訊

▶ MP3-44

重點提示 請注意聽「客人問了飯店人員哪兩個問題」、「兩個地點的樓層」、「開放時間」。

關鍵單字 請先記住關鍵單字,可以更容易了解MP3播放的內容。

el desayuno　n.　早餐
el piso　n.　樓層
primer　adj.　第一的
segundo　adj.　第二的

el restaurante　n.　餐廳
el gimnasio　n.　健身房
la piscina　n.　游泳池
abierta　adj.　開著的

聽聽看 請先聽一次MP3,並回答以下問題,確認聽懂了多少。

問題 請回答以下問題,對的打○,錯的打╳。

1. (　　) El restaurante está en el segundo piso.
　　　餐廳在二樓。

2. (　　) La piscina está abierta de 6:00 de la mañana a 10:00 de la noche.
　　　游泳池早上6點到晚上10點開放。

Cliente: ¿A qué hora es el desayuno?

Hotel: El desayuno es de 7:00 a 9:00 de la mañana. El restaurante está en el segundo piso.

Cliente: ¿En qué piso está el gimnasio?

Hotel: El gimnasio está en el octavo piso. Está abierto 24 horas. La piscina está en el primer piso. Está abierta de 6:00 de la mañana a 10:00 de la noche.

Cliente: Gracias.

中譯

客人：早餐是幾點？

飯店：早餐是早上7點到9點，餐廳在二樓。

客人：健身房在幾樓？

飯店：健身房在八樓，24小時開放。游泳池在一樓，早上6點到晚上10點開放。

客人：謝謝。

必學句型　把下面的句型學起來，聽力原來這麼簡單！

1. de...a...　從……到……

Trabajo de lunes a viernes.

我週一到週五工作。

延伸學習　把以下的單字記起來，您就是聽力達人！

el comedor　n.　餐廳、餐館

está disponible　fra.　可以使用的、有空的

¿De qué hora a qué hora?　從幾點到幾點？

解答：1. （○）2. （○）

45 Pidiendo un favor al hotel
向飯店提出要求

▶ MP3-45

重點提示 請注意聽「客人請飯店幫什麼忙」、「飯店請客人怎麼做」。

關鍵單字 請先記住關鍵單字，可以更容易了解MP3播放的內容。

dejar v. 留下　　　　　　poner v. 放置
la maleta n. 行李　　　　guardar v. 保管

聽聽看 請先聽一次MP3，並回答以下問題，確認聽懂了多少。

問題 請回答以下問題，對的打○，錯的打×。

1. (　　) El cliente está regalando algo al hotel.
客人送一個東西給飯店。

2. (　　) El hotel puede guardar la maleta.
飯店可以保管行李。

Cliente: Ya hice check-out. ¿Puedo dejar mi maleta aquí?

Hotel: Sí, no hay problema. ¿Cuándo vienes por tu maleta?

Cliente: Esta noche, sobre las 8. ¿Está bien?

Hotel: Vale, mira, voy a guardar tu maleta aquí. Pon tu nombre aquí, por favor. Este es el ticket de tu maleta.

Cliente: Vale, gracias.

中譯

客人：我已經退房了，可以把行李留在這裡嗎？

飯店：可以，沒問題。您什麼時候來拿行李？

客人：今天晚上，8點左右，可以嗎？

飯店：好的，（請）看，我把您的行李保管在這裡（手指向一個小房間），請在這邊寫下您的名字，這是您的行李票。

客人：好的，謝謝。

必學句型 把下面的句型學起來，聽力原來這麼簡單！

1. ¿Puedo dejar...aquí?　我可以把……留在這裡嗎？
   ¿Puedo dejar mi bolsa aquí?
   我可以把我的包包留在這裡嗎？

2. Pon...aquí.　把……放在／留在／寫在這裡。（pon的原型動詞為poner，pon是命令式的變化，有很多意思，包括放置、穿衣服、開電器、填寫等等）
   Pon tu número de teléfono aquí.
   請在這邊留下你的電話號碼。

la secadora de pelo　n.　吹風機

usar el internét　v.　用網路

pedir comida　v.　點食物（外賣）

dar una toalla más　v.　再給一條毛巾

MÉMO

第九章

電視新聞

不論學什麼語言，了解電視新聞內容都算是相對有難度的，因為新聞時間分秒必爭，語速通常比一般生活對話快1.5倍，用詞也比較脫離生活，專業用語較多。

　　一開始聽西班牙語新聞的學習者通常都會覺得語速很快，一下子不習慣，這是非常正常的。建議先從稍微接近生活的新聞主題，例如天氣、交通開始，或是簡短的名人訪談也可以，用詞不會一下子跳太難，相對好上手。

　　另外一個方法，是選擇短短的新聞反覆聽，一直到把同一則新聞聽到非常非常熟，再換新的，以作者過去的經驗，如果能聽到50次以上，並且跟著音檔同步說出來，過程或許會有一點點無聊，可是對聽力訓練會非常有效，建議讀者們試試看。

46 Televisión, el clima
天氣預報

▶ MP3-46

重點提示 請注意聽「北、中、南三個地區的天氣」、「週末的天氣」。

關鍵單字 請先記住關鍵單字，可以更容易了解MP3播放的內容。

soleado　adj.　有陽光的　　　　nublado　adj.　陰天的
la lluvia　n.　雨天　　　　　　la tormenta　n.　暴風雨

聽聽看 請先聽一次MP3，並回答以下問題，確認聽懂了多少。

問題 請回答以下問題，對的打○，錯的打✕。

1.（　　）Todo el país está soleado mañana.
　　　　全國明天都是晴天。

2.（　　）Este fin de semana está nublado.
　　　　這個週末是陰天。

Y ahora el reporte del clima. Mañana en el norte del país estará soleado, con temperaturas de veinticuatro y treinta grados. En el sur habrá lluvia con temperaturas de veintidós y veintiséis grados. En el centro estará nublado con temperaturas de veinticuatro a veintiséis grados. Se espera una tormenta desde el sureste para el próximo fin de semana.

中譯

現在是天氣預報,明天北部地區都是晴天,氣溫從二十四度到三十度。南部地區會下雨,氣溫二十二度到二十六度。中部地區是陰天,氣溫從二十四度到二十六度。週末會有從東南方來的暴風雨。

必學句型 把下面的句型學起來,聽力原來這麼簡單!

1. Y ahora ...　　現在是⋯⋯

   Y ahora la noticia deportiva.

   現在是體育新聞。

2. Se espera ...　　會有⋯⋯

   Se espera una noche fría.

   會有一個寒冷的晚上。

延伸學習 把以下的單字記起來,您就是聽力達人!

hace sol　fra.　出太陽
la precipitación　n.　雨量
el frente frío　n.　冷鋒面

47 Televisión, tráfico
路況報導

▶ **MP3-47**

重點提示 請注意聽「哪裡的交通順暢」、「往哪裡需要改道」。

關鍵單字 請先記住關鍵單字，可以更容易了解MP3播放的內容。

fluido adj. 順暢的　　　　　　　las vías alternas n. 替代路線
la terminal de autobuses n. 　　congestionada adj. 擁擠的
客運站

聽聽看 請先聽一次MP3，並回答以下問題，確認聽懂了多少。

問題 請回答以下問題，對的打○，錯的打×。

1. (　　) En la calle principal hacia el norte de la ciudad el tráfico está fluido.
   前往市區北部的主要幹道目前交通順暢。

2. (　　) Es mejor ir a la terminal de autobuses por la calle Cipresales.
   前往客運總站最好走Cipresales街。

Tenemos el reporte del tráfico. En la calle principal hacia el norte de la ciudad el tráfico está fluido. Para las personas que se dirigen hacia la terminal de autobuses, se les recomienda tomar vías alternas ya que la calle Cipresales está muy congestionada. Hay dos coches accidentados y el tráfico está lento.

中譯

接下來為您做交通報導。通往市區北部的主要幹道目前交通順暢。前往客運總站的朋友們,建議您們走替代路線,因為Cipersales街目前擁擠。有兩輛汽車的交通事故,目前行車速度緩慢。

必學句型　把下面的句型學起來,聽力原來這麼簡單!

1. Hacia + 方向　往……的方向
   Hacia el norte, está la escuela.
   往北就是學校。

2. Se les recomienda ...　建議您們……
   Se les recomienda usar mascarilla.
   建議您們使用口罩。

延伸學習　把以下的單字記起來,您就是聽力達人!

sur　adv.　南部
se les aconseja　fra.　建議各位

48 Televisión, noticias de accidentes
交通事故

▶ MP3-48

重點提示 請注意聽「發生什麼意外」、「為什麼有這種意外」。

關鍵單字 請先記住關鍵單字，可以更容易了解MP3播放的內容。

producir v. 製造、發生

chocar v. 相撞

el piloto n. 駕駛人、飛行員

retirar v. 移除

suponerse v. 推測、推斷

en breve fra. 稍後、即將

聽聽看 請先聽一次MP3，並回答以下問題，確認聽懂了多少。

問題 請回答以下問題，對的打○，錯的打✕。

1.（　　）Hay un accidente en la carretera.
　　　　　公路上發生車禍。

2.（　　）El accidente ha sido por un conductor borracho.
　　　　　意外是由酒駕引起的。

En el kilómetro setenta y dos de la carretera hacia el norte se ha producido un accidente. Han chocado dos autobuses esta mañana y hay once personas heridas, entre ellos los pilotos de ambos autobuses. Los heridos ya han sido llevados al hospital más cercano. En este momento las autoridades están trabajando para retirar los autobuses y que el tráfico vuelva a la normalidad. Se supone que el accidente ha sido por las fuertes lluvias en los últimos días. En breve tendremos más información.

中譯

公路往北七十二公里處發生事故，兩輛公車今天早上相撞，十一人受傷，包括兩位公車駕駛，傷者已被送往附近醫院。目前相關單位正在移除公車，讓交通恢復正常。推測事故原因是國內近幾天豪雨的關係，稍後會為您帶來更多相關資訊。

必學句型 把下面的句型學起來，聽力原來這麼簡單！

1. han sido ＋ 現在分詞　　被……

   El problema de semáforo <u>ha sido</u> solucionado.

   交通號誌的問題已經被解決。

2. volver a la normalidad　　恢復正常

   Esperamos que todo <u>vuelva a la normalidad</u> pronto.

   我們希望一切儘快恢復正常。

el resultado　n.　結果

el conductor　n.　駕駛人

afectado　adj.　受影響的

MÉMO

第十章

電視廣告

電視廣告是非常好用來練習西班牙語「命令式」的素材。廣告內容通常都會有一些「呼籲消費者行動、下單」的詞組，像是 deje de pensar（不用再想了）、Cuida a la salud de tu familia（照顧你家人的健康）、Disfruta cocinando（好好享受下廚的樂趣），都是非常自然、真實的命令式句型。

命令式的動詞變化分為肯定和否定兩種型態，不規則的動詞又非常多，因此建議不要單獨硬背動詞。從像是電視廣告這種，有上下文情境的內容當中，把出現命令式的句子整理出來，再自己把一些產品關鍵字換掉，代換成自己熟悉的台灣產品，就可以創造出屬於自己的廣告詞！相信這樣的練習方式，一定會使印象更加深刻。

如果想要系統化複習一下命令式，可以掃描右邊的QR Code，觀看我們錄製的命令式教學影片：

49 Programa de televisión sobre compras
電視購物

▶ MP3-49

重點提示 　請注意聽「賣的是什麼產品」、「產品有什麼特色」、「現在有什麼優惠」。

關鍵單字 　請先記住關鍵單字，可以更容易了解MP3播放的內容。

limpiar　v.　清潔、打掃
el producto de limpieza　n.
清潔用品
desaparecer　v.　消失
molesta　adj.　惱人的、煩人的

la mancha　n.　髒污
eliminar　v.　刪除、去除
dejar de...　fra.　不用再……、停止……
tirar　v.　丟掉

聽聽看 　請先聽一次MP3，並回答以下問題，確認聽懂了多少。

問題 　請回答以下問題，對的打〇，錯的打✕。

1. (　　) LIMPIA TODO hace que esas molestas manchas desaparezcan para siempre.
LIMPIA TODO讓惱人的髒污永遠清潔溜溜。

2. (　　) Ahora se puede comprar dos por uno por internet.
現在網路購買可以買一送一。

169

¿Estás cansado de limpiar y limpiar y las manchas no desaparecen? ¿Gastas demasiado dinero en productos de limpieza pero ninguno elimina esas manchas? LIMPIA TODO, el producto que estabas esperando. Con solo un poco hace que esas molestas manchas desaparezcan para siempre. Deja de pensar, LIMPIA TODO es económico. Tira esos productos que solo ocupan espacio, LIMPIA TODO es el único producto que necesitas. Si llamas en este momento recibirás dos botellas por el precio de una.

中譯

你對於一而再、再而三的清潔打掃，但髒污卻又不消失感到疲倦了嗎？花了好多錢在清潔產品上，可是都無法去除髒污嗎？LIMPIA TODO，是您一直在等的產品。只要用一次，惱人的髒污就永遠清潔溜溜。不用再想了，LIMPIA TODO經濟實惠。丟掉那些只會佔空間的產品吧，LIMPIA TODO是您唯一需要的，現在就打電話，獲得買一送一的特惠價。

必學句型 把下面的句型學起來，聽力原來這麼簡單！

1. Estar cansado/a de　　對……感到很厭倦
   Está cansado de trabajar tiempo extra.
   他對加班感到很厭倦。

2. Dejar de...　　不要再……了
   Dejar de comer antes de dormir.
   不要再睡前吃東西了。

estar harto de　fra.　對……受夠了

lo que estaba buscando ...　一直在找的……

olvidarse　v.　忘記

¡Llame ahora!　現在就打電話！

▶ **MP3-50**

重點提示 請注意聽「廚師會教我們做怎麼樣的菜」、「播出時間」。

關鍵單字 請先記住關鍵單字，可以更容易了解MP3播放的內容。

saludable　adj.　使……健康的

sano　adj.　健康的

el sabor　n.　味道、口味

traer　v.　帶來

la receta　n.　食譜

cuidar　v.　照顧

el canal　n.　頻道

聽聽看 請先聽一次MP3，並回答以下問題，確認聽懂了多少。

問題 請回答以下問題，對的打○，錯的打╳。

1. (　　) Comer sano es comer sin sabor.
想吃得健康就是要吃得清淡。

2. (　　) El programa empieza a las 10:30 de la mañana.
節目早上10:30播出。

原文

Cocinando con el chef Luis. Aprende a preparar comida saludable y deliciosa para toda tu familia. ¿Quién dijo que comer sano es comer sin sabor? El chef Luis nos trae cada mañana una receta diferente, fácil de preparar y que a tu familia le encantará. Cuida la salud de tu familia, disfruta cocinando con el chef Luis. Todos los días a las diez y media de la mañana por este canal.

中譯

和Luis廚師一起下廚！學習怎麼為全家準備健康又美味的食物！誰說吃得健康就是要吃得清淡的？Luis廚師每天早上為我們帶來不同的食譜，容易準備，你的家人會喜歡的！照顧你家人的健康，跟Luis廚師享受下廚的樂趣。每天早上10:30就在本頻道。

必學句型　　把下面的句型學起來，聽力原來這麼簡單！

1. ¿Quién dijo ...?　誰說……的？
   ¿Quién dijo que leer es aburrido?
   誰說閱讀很無聊的？

2. Cuida ...　照顧……
   Cuida bien a tus mascotas.
   好好照顧你的寵物。

3. Disfruta ＋ 現在分詞　享受……的樂趣
   Disfruta leyendo un buen libro.
   享受閱讀好書的樂趣。

el ingrediente　n.　食材、材料

picante　adj.　辣的

ácido　adj.　酸的

dulce　adj.　甜的

amargo　adj.　苦的

Anuncio de nuevos programas de televisión

51 新節目上檔

▶ MP3-51

 請注意聽「有哪些新節目」、「為什麼有這些新節目」。

關鍵單字 請先記住關鍵單字，可以更容易了解MP3播放的內容。

la franja infantil　n.　兒童節目時段

el hogar　n.　家庭

el programa educativo　n.
教育性節目

el oso　n.　熊

la aventura　n.　探險

el bosque　n.　森林

el científico　n.　科學家

el experimento　n.　實驗

聽聽看 請先聽一次MP3，並回答以下問題，確認聽懂了多少。

問題 請回答以下問題，對的打○，錯的打×。

1. (　　) Hay nuevos programas porque los niños tienen que aprender nuevos experimentos.
   因為小朋友要學新的實驗，所以有新的節目。

2. (　　) Los nuevos programas son sobre una aventura y un experimento.
   新的節目是關於探險和實驗的。

175

Llegaron las vacaciones y con ellas la nueva franja infantil. Programas educativos y divertidos para los pequeños del hogar. A las nueve de la mañana, Lucas, el oso tiene aventuras en el bosque con sus amigos. A las nueve y media, El pequeño científico, acompaña a Ben y Bella haciendo experimentos divertidos.

中譯

假期到了，全新的兒童節目時段也來了！給所有家中的小朋友具教育性質又有趣的節目！早上九點，Lucas熊熊跟他的朋友們有森林探險。早上九點半，小小科學家會陪著Ben和Bella一起做好玩的實驗。

必學句型 把下面的句型學起來，聽力原來這麼簡單！

1. 產品 + para + 誰　把……給……

Teléfonos con pantallas grandes para los mayores.

給年長者的大銀幕手機。

2. acompañar a + 人 + 現在分詞　陪……做……

Acompaño a mis hermanos esperando el resultado.

我陪我兄弟等結果。

延伸學習 把以下的單字記起來，您就是聽力達人！

la programación para niños　n.　兒童節目表
el programa deportivo　n.　體育節目
la telenovela　n.　連續劇
la serie　n.　影集

解答：1.（×）2.（○）

52 Anuncio de juegos de fútbol en televisión
足球比賽預告

▶ MP3-52

 請注意聽「哪兩隊比賽」、「什麼時候冠軍會出爐」。

關鍵單字 請先記住關鍵單字，可以更容易了解MP3播放的內容。

el liderato de la tabla　n.
領先位置、領先排名

el nervio　n.　緊張

el sabor a final　fra.
如同決賽般緊張刺激

el líder　n.　領先隊伍

cinco fechas por delante　fra.
只剩下五場

definir　v.　決定、定義

el campeonato　n.　冠軍賽

perder　v.　錯過

聽聽看 請先聽一次MP3，並回答以下問題，確認聽懂了多少。

問題 請回答以下問題，對的打○，錯的打✕。

1. (　　) Barcelona será el nuevo campeón.
　　　　巴賽隆納隊會是新的冠軍。

2. (　　) Vamos a saber el resultado dentro de 5 juegos.
　　　　我們5場比賽後就知道結果了。

177

Barcelona y Real Madrid están buscando el liderato de la tabla. Un partido de nervios y con sabor a final. ¿Quién será el nuevo líder? Con tan solo cinco fechas por delante, este juego puede definir el campeonato. El domingo a las tres de la tarde. No se lo pierda por este canal.

中譯

巴賽隆納隊和皇家馬德里隊爭奪領先位置。一場如同決賽般緊張刺激的決賽。誰會是新的領先隊呢？本季只剩下五場比賽，今天這場比賽很有機會左右冠軍球隊是誰。星期天下午三點，別錯過這場比賽，就在本頻道！

必學句型 把下面的句型學起來，聽力原來這麼簡單！

1. ¿Quién ＋ 未來式動詞？ 誰會……呢？

¿Quién tendrá tiempo libre mañana?

誰明天會有空呢？

2. No se pierda ... 別錯過……（perder的否定命令式）

No se pierda el próximo episodio.

別錯過下一集！

延伸學習 把以下的單字記起來，您就是聽力達人！

el liderato de la liga　n.　聯盟冠軍
el segundo lugar　n.　第二名
el estadio de fútbol　n.　足球場
la semifinal　n.　準決賽
a solo cinco fechas　fra.　只要再五場比賽
el partido　n.　比賽

解答：1.（×）2.（○）

53

Anuncio de un concierto en televisión
音樂會宣傳

▶ MP3-53

重點提示 請注意聽「如何買票」、「是哪一類型的音樂會」。

關鍵單字 請先記住關鍵單字，可以更容易了解MP3播放的內容。

la pareja　n.　另一半

deleitar　v.　使……欣喜

la balada　n.　民謠

inolvidable　adj.　難忘的

los platillos　n.　餐點

聽聽看 請先聽一次MP3，並回答以下問題，確認聽懂了多少。

問題 請回答以下問題，對的打○，錯的打╳。

1. (　　) Es un concierto romántico.
   是一場浪漫音樂會。

2. (　　) Se puede conseguir entradas por internet.
   可以在網路上買票。

Fernando con amor, el concierto. Celebra este día del cariño con tu pareja en un concierto romántico. Fernando nos deleitará con sus mejores baladas. Vuelve a enamorarte y pasa una velada inolvidable. El doce, trece y catorce de febrero en el salón Fiesta del hotel Embajador. Entradas a la venta en la página del evento. Incluye una cena con deliciosos platillos y una copa de champán.

中譯

Fernando與愛的音樂會。跟你的另一半來場浪漫音樂會來慶祝情人節吧！Fernando會帶來他最棒的民謠。再談一次戀愛，度過一個難忘的傍晚。二月十二、十三、十四日，在大使飯店的Fiesta廳。活動網站上可以購票，包含一份美味的晚餐、以及一杯香檳酒。

必學句型 把下面的句型學起來，聽力原來這麼簡單！

1. volver a ＋ 原型動詞　再……一次
   Quiero <u>volver a</u> bailar contigo.
   我想再跟你跳一次舞。

2. Incluye ＋ 名詞　包括……
   El precio <u>incluye</u> la entrada de un espectáculo.
   價錢包含一場表演門票。

延伸學習 把以下的單字記起來，您就是聽力達人！

el día de los enamorados　n.　情人節
sus mejores éxitos　n.　他的成名曲
una noche inolvidable　n.　一個難忘的夜晚

解答：1. (○) 2. (○)

54 Anuncio de prevención de enfermedad en televisión
防疫資訊

▶ MP3-54

重點提示 請注意聽「預防措施有哪些」。

關鍵單字 請先記住關鍵單字，可以更容易了解MP3播放的內容。

la medida de precaución　n.　預防措施

el coronavirus　n.　新冠病毒　　　respiratorios　adj.　呼吸性的

concurridos　adj.　擁擠的　　　　consultar　v.　諮詢

聽聽看 請先聽一次MP3，並回答以下問題，確認聽懂了多少。

問題 請回答以下問題，對的打○，錯的打×。

1. (　　) Hay que lavarse bien las manos.
　　　　　要好好洗手。

2. (　　) En caso de fiebre, se recomienda descansar en casa.
　　　　　如果有發燒的情況，建議在家休息就好。

Medidas de precaución contra el coronavirus. Lávese bien las manos antes y después de comer. No vaya a lugares muy concurridos, utilice una mascarilla. En caso de fiebre, dolor de garganta, tos y problemas respiratorios, llame a su médico por teléfono y siga sus instrucciones.

中譯

新冠病毒的預防措施。飯前飯後請仔細洗手,避免到擁擠的地區,並使用口罩。如有發燒、喉嚨痛、咳嗽、呼吸道症狀,請打電話給您的醫生並且遵照醫生的指示。

必學句型 把下面的句型學起來,聽力原來這麼簡單!

1. En caso de...　如有……的情況

 En caso de emergencia, llame a los bomberos.
 如果有緊急情況,請打電話給消防隊。

延伸學習 把以下的單字記起來,您就是聽力達人!

evitar　v.　避免

desinfectar　v.　消毒

Anuncio de casas en televisión
賣屋廣告

▶ MP3-55

重點提示 請注意聽「房子內部空間描述」、「附近環境如何」。

關鍵單字 請先記住關鍵單字，可以更容易了解MP3播放的內容。

residencial adj. 住宅的　　　　　accesible adj. 可接觸到的、親民的
merecerse v. 值得　　　　　　　la casa modelo n. 樣品屋
la garita de seguridad n. 保全守衛站

聽聽看 請先聽一次MP3，並回答以下問題，確認聽懂了多少。

問題 請回答以下問題，對的打○，錯的打✕。

1. (　) Es un apartamento con tres habitaciones.
　　　　這是一個三房的公寓。

2. (　) Está cerca de centros comerciales, escuelas, transporte accesible.
　　　　距離百貨公司、學校都近，交通方便。

Residenciales El Campo, el lugar que su familia se merece.
Casas con tres habitaciones, parqueo para dos coches,
áreas verdes y garita de seguridad. Cerca de centros
comerciales, escuelas, transporte accesible y mucho más.
Precios accesibles. Lo esperamos en nuestra casa modelo.

中譯

El Campo社區，值得您家人擁有的地方。三個房間的獨棟房子，
兩個車位，綠色環境，並有保全守衛站。距離百貨公司、學校都很
近，交通便利。價錢親民。我們在樣品屋等您！

必學句型 把下面的句型學起來，聽力原來這麼簡單！

1. el lugar que ...　……的地方
   Este es el lugar que me gusta para vivir, tiene vista al mar.
   這是我想住的地方，有海景。

2. Cerca de ...　在……的附近
   La escuela está cerca de un centro comercial.
   學校離百貨公司很近。

延伸學習 把以下的單字記起來，您就是聽力達人！

el garaje　n.　車位
el parque　n.　公園
la piscina　n.　游泳池
el gimnasio　n.　健身房

解答：1. (×) 2. (○)

56 Anuncio de la inauguración de una librería
書店開張廣告

▶ MP3-56

重點提示 請注意聽「廣告提到哪三個人生目標」、「廣告的目的是什麼」。

關鍵單字 請先記住關鍵單字，可以更容易了解MP3播放的內容。

montar una empresa v. 開公司
propio/a adj. 自己的
bajar v. 下降
el peso n. 體重

encontrar v. 找到、遇到
alcanzar v. 達到
el objetivo n. 目標
el destino n. 目標、目的地

聽聽看 請先聽一次MP3，並回答以下問題，確認聽懂了多少。

問題 請回答以下問題，對的打〇，錯的打×。

1. (　　) Leer te puede ayudar en todo.
   閱讀可以幫助你的一切。

2. (　　) El anuncio quiere saber si los clientes leen.
   廣告商想知道客戶是否閱讀。

Librería Diana te espera al lado de la plaza mayor. "Montar mi propia empresa", "Bajar de peso o ser feliz", no importa el tema, aquí encontrarás un libro para alcanzar cada uno de tus objetivos. Leer y alcanzar tu destino. Yo leo, ¿tú lees?

中譯

Diana書店在主廣場旁邊等你！不論是開自己的公司、減重、幸福快樂，在我們的書店，你可以找到幫助你達成每個目標的書。透過閱讀，達成目標！我閱讀，你閱讀嗎？

必學句型 把下面的句型學起來，聽力原來這麼簡單！

1. Un libro para...　一本可以……的書

   Recomiéndame <u>un libro para</u> aprender la historia de Latinoamérica.

   請推薦我一本學拉美歷史的書。

2. cada uno　每一個

   <u>Cada uno</u> de mis amigos tiene un talento diferente.

   我的每一個朋友都有不同的天分。

延伸學習 把以下的單字記起來，您就是聽力達人！

crear una empresa　v.　創立一間公司
la meta　n.　目標
la lectura　n.　閱讀

解答：1.（○）2.（×）

186

MÉMO

國家圖書館出版品預行編目資料

每天10分鐘，聽聽西語人怎麼說 / 游皓雲、洛飛南合著.
-- 初版 -- 臺北市：瑞蘭國際, 2021.01
192面；17 × 23公分 --（繽紛外語；99）
ISBN：978-986-5560-06-5（平裝）
1. 西班牙語 2. 旅遊 3. 會話
804.78   109020391

繽紛外語99

書名｜**每天10分鐘，聽聽西語人怎麼說**
作者｜游皓雲、洛飛南（Fernando López）
責任編輯｜鄧元婷、王愿琦
校對｜游皓雲、洛飛南（Fernando López）、鄧元婷、王愿琦

西語錄音｜游皓雲、洛飛南（Fernando López）
錄音室｜采漾錄音製作有限公司
封面設計、版型設計、內文排版｜陳如琪
插畫｜Ruei Yang

瑞蘭國際出版

董事長｜張暖彗・社長兼總編輯｜王愿琦
編輯部
副總編輯｜葉仲芸・副主編｜潘治婷・文字編輯｜鄧元婷
美術編輯｜陳如琪
業務部
副理｜楊米琪・組長｜林湲洵・專員｜張毓庭

出版社｜瑞蘭國際有限公司・地址｜台北市大安區安和路一段104號7樓之一
電話｜(02)2700-4625・傳真｜(02)2700-4622・訂購專線｜(02)2700-4625
劃撥帳號｜19914152 瑞蘭國際有限公司
瑞蘭國際網路書城｜www.genki-japan.com.tw

法律顧問｜海灣國際法律事務所　呂錦峯律師

總經銷｜聯合發行股份有限公司・電話｜(02)2917-8022、2917-8042
傳真｜(02)2915-6275、2915-7212・印刷｜科億印刷股份有限公司
出版日期｜2021年01月初版1刷・定價｜420元・ISBN｜978-986-5560-06-5